MATTHEW FOX
THE SKY OVER REBECCA

レベッカの見上げた空

マシュー・フォックス
堀川志野舞 訳

静山社

母と、その名をもらった人に

1

湖のそばに吹《ふ》きおろされた真っ白な雪に、天使の跡《あと》が残っていた。

だれかが雪の上に大の字に寝《ね》そべって、手足をパタパタ動かしてつくった、雪の天使《スノーエンジェル》。

でも、どこか不思議なところがある。

なんかヘンだ。

街から家に帰るバスの窓《まど》から、それが見えた。凍《い》てついた湖の上にかけられた橋をわたっているときに。見おろすと、湖畔《こはん》の木々のあいだにスノーエンジェルがあった。

どこかおかしい。

暮《く》れ残《のこ》る光のなか、わたしはバス停《てい》から家まで歩いて帰った。一月初めの午後三時、太陽はもう沈《しず》んでしまった。あたり一帯が、灰色《はいいろ》の薄明《うすあ》かりにつつまれている。おじいちゃんの話だと、こういう空を〝航海薄明《こうかいはくめい》〟って言うんだって。船が航行《こうこう》できるだけの光が空に残っている、という意味だ。

だんだん暗くなってきた。

アパートに近づいていくうちに、ひとつ、またひとつと、明かりが灯《とも》りはじめる。前庭につもった雪に、三叉《さんさ》の爪《つめ》がぽつぽつと穴《あな》をあけていた。カラスの足跡《あしあと》。だれかがここになにかの種をまき、カラスがそれを食べようと行ったり来たりして、雪の上にクモの巣状《じょう》の足跡《あしあと》を残したのだ。

そっか、あのスノーエンジェル。

どこがおかしいのか、わかった。

あそこには足跡《あしあと》がひとつもなかった。近づいていく足跡《あしあと》も、遠ざかっていく足跡《あしあと》も。

だれかが空から落っこちてきて、雪のなかに倒《たお》れたあと、パッと消えちゃったみたいに。

アパートの七階にある窓《まど》を見上げる。明かりはついていない。ママはまだ仕事から帰ってきていない。帰ってくるまで、あと一時間はかかるはず。

あのスノーエンジェル。

わたしは引き返してみることにした。

2

橋のところでバスを降《お》り、来た道を歩いてすこしもどった。三十メートル下では、湖が凍《こお》りついている。

道路わきにある木製《もくせい》の階段《かいだん》を下りて、森に入った。ここには、白く光る街灯と、ジョギングや犬の散歩をする人が通る小道がある。雪は踏《ふ》みしめられて、まばらになっている。

街灯の電球が切れているところに来ると、スマホの懐中電灯《かいちゅう》機能《きのう》をオンにした。雪を照らす光が青い。道がせまくなってきた。どこかでカラスが一羽《わ》、カーカー鳴いている。

木々が黒く湿《しめ》って見えた。自分の息づかいが、すぐ近くにきこえる。

わたしは立ち止まった。

あの空き地だ。

雪の吹《ふ》きだまりがある。スノーエンジェルがある。

スマホの懐中《かいちゅう》電灯で照らしてみた。

やっぱり。近づいていく足跡《あしあと》も、遠ざかっていく足跡《あしあと》も、ひとつもない。まっさらな雪。だれにも踏《ふ》みしめられていない。道からジャンプして着地するには遠すぎるし、木に登って飛《と》び降《お》りるにも遠すぎる。なのに、だれかがそこに横たわり、手足を広げてパタパタさせ、まわりの雪を押《お》しのけて、一対《いっつい》の翼《つばさ》と、流れるように垂《た》れた長いローブを形づくったのだ。

スノーエンジェルは深さがあった。天使の体は、三十センチほど雪をくぼませていた。だれかがすごく高いところから落ちて、吹《ふ》きだまりの真ん中に着地したみたいだった。空から落ちてきたみたい。

わたしは上を向いた。見上げた先には、なにもない。少なくとも、そこから人が落ちてきそうなものはなにも。見えるのは、木々の先端《せんたん》と、オレンジ色にぼうっと輝《かがや》く街明かりだけ。

木々のなかに、カラスがいた。そこらじゅうに、黒いかたまりが音もたてずにじっとしている。百羽《わ》ぐらいは絶対《ぜったい》にいる。夜を明かすため、止まり木にもどってきたのだ。

「カラスさんたち、こんにちは」わたしは声をかけた。

それから、スマホでスノーエンジェルの写真を一枚撮《まいと》った。

背後《はいご》から物音がした。ザクッ、ザクッ、と雪を踏《ふ》みしめるブーツの足音。わたしのことを観察していた人がいて、後ろから近づいてくる——とにかく、そんなふうにきこえた。

さっとふり向き、スマホのライトで森を照らす。光を動かし、森にじっと目をこらす。

「そこにいるのは、だれ？」

返事はなかった。しんとしている。

「そこにいるのは、だれ？」もう一度くり返す。

やっぱり返事はない。わたしは回れ右をして、来た道を急いで引き返し、家に帰った。

3

家に着いたとき、窓《まど》には明かりが見えた。それがうれしかった。わたしはエレベーターで七階に上がり、家に入った。

ママはキッチンテーブルの前にすわっていた。開いたノートパソコンのモニターと向き合い、キーボードの上ですばやく指を動かしている。わたしは後ろから近づいていって、ただいまのハグをした。ママにもたれかかって、ぬくもりを確《たし》かめる。わたしが抱《だ》きしめると、ママは肩《かた》の力をぬいた。

ノートパソコンの画面をのぞくと、メールが長い行列をつくって、ママを待っていた。

「すぐに終わるから」ママは言った。

ほとんど、うそだ。わたしには、うそだとわかっていて、ママにも、うそだとわかっている。たぶん、ママは今夜も遅《おそ》くまで仕事をつづけて、席を立つのはコーヒーを淹《い》れるときか、トイレに行くときだけだ。でも、それは悪いうそじゃない。ママは、わたしをだまそうとしてるんじゃないんだから。ママが口にした言葉は、願望と言ったほうがいいかもしれない。ママはこの夕暮《ゆうぐ》れのひとときを、わたしと過《す》ごしたがっている。いつも仕事ばかりしなきゃいけないのを、いやがっている。だけど、あいかわらず会社はいそがしくて、仕事には常《つね》にしめきりがあった。

だから、ママは家でわたしといっしょにいるけど、仕事もしている。わたしには、どうすることもできない。

それでも、ママのそばにいられるだけでよかった。同じ部屋にいられるだけでも。ママのにおいがする。ママの顔が見える。そういうことが大事。

わたしは夕食の準備《じゅんび》に取りかかった。ヴィーガン・ソーセージとマッシュポテト。マッシュにはニンジンとパースニップも入れた。あと、たくさんのハーブ（多すぎて、いくつか床《ゆか》に落としちゃった）。湯気を立ちのぼらせるエンドウマメを添《そ》えて。ママのために、赤ワインのハーフボトルと脚《あし》が長いグラスをひとつ、テーブルに用意した。ティーライト〔金属（きんぞく）などのカップに入ったキャンドル〕にも、マッチで火をつける。

これで準備《じゅんび》よし。

「メール送ったよ」わたしは言った。

「あら。見てみるわ」

ママはメールを開いた。メールには、わたしが撮《と》ったスノーエンジェルの写真が添付《てんぷ》してある。

「これはなんの写真？」

「なにが見える？」

「スノーエンジェルね」

「うん」わたしは料理をテーブルに運びながら答えた。

すると、ママもおかしな点に気づいた。「足跡《あしあと》がない」

「そうなの」わたしはママと向かい合ってすわった。

「面白《おもしろ》いわね」

ママはノートパソコンを閉《と》じ、わたしたちは食事を始めた。

「で、どう思う?」わたしはきいた。

「スノーエンジェルのこと?」

「うん。ひとつも足跡《あしあと》を残さずに、どうやってつくったのかな」

ママはワイングラス越《ご》しにむずかしい顔をした。「なかなか手間がかかるでしょうね。それに、なかなか頭も使うでしょう」

「じゃあ、ママもわからないんだ」

「わからないわ。でも、いくつか考えはある」

ママはすぐには説明できなかった。だけど、ママは謎解《なぞと》きが好きなのだ。わたしたちは食事しながら、どういう方法でやったのか、あれこれ意見を出し合った。ママが考えたいちばんいい方法は、木と木のあいだに丈夫《じょうぶ》なロープを張《は》って、それをつたって進んでいき、雪の吹《ふ》きだまりの真ん中に飛《と》び降《お》りる、というものだ。そしてスノーエンジェルをつくったあと、またロープをつたってもどり、木から下りてロープをほどき、その場から立ち去る……。

わたしが考えたいちばんいい方法は、ヘリコプターで降下《こうか》して、スノーエンジェルをつくったあとで、またヘリコプターに乗せてもらう、というもの。もちろん、ただの冗談《じょうだん》だけどね。

「そのうち答えが見つかるわよ」アイデアが尽《つ》きると、ママは言った。

どのアイデアも正解《せいかい》じゃないことは、なんとなくわかっていた。

「いつか謎《なぞ》が解《と》ける。あなたなら、きっと」

ずっと、わたしたちふたりだけ。ママとわたし。わたしたちは、いつもいっしょだった。

本当の親をさがす冒険《ぼうけん》に出る子どもたちの本を読んだことがあるけど、わたしはどこにも行く必要がない。だって、ちゃんと本当の親がいて、いまもこうして食事をしながら、向かい合わせにすわっているんだから。テーブルの上には開いたノートパソコンが置いてあるけど、それでもママは、充分《じゅうぶん》いい親だ。

ほかに親はいない。だれも欠けてない。さがさなきゃいけないパパなんていないし、どうしてパパがいないのか、人に話すような面白《おもしろ》い理由もない。

なにがあったのかというと、わたしが生まれて間もないころに、パパはべつの人と出会ったのだ。わたしとママよりも、いっしょにいたいと思う相手に。パパは外国に引《ひ》っ越《こ》して、向こうで再婚《さいこん》し、ママとわたしは苗字《みょうじ》をかえた。

ママの旧姓《きゅうせい》のルーカスにもどってよかったと思う。ルーカスは、〝光〟という意味のラテン語の〝ルクス〟に由来する、とても古い名前。暗闇《くらやみ》のなかで過《す》ごす人にとっては、いい名前だ。冬のあいだ、わたしたちはほとんどの時間を、暗闇《くらやみ》のなかで過《す》ごしている。

わたしたちが住んでいるのは、スウェーデンのストックホルム。アラスカと緯度《いど》が同じで、この惑星《わくせい》ではかなり北に位置する。夏は日が長くて、あまりにも長すぎるものだから、昼間を終わらせたくないのかと思うぐらい。朝は、目が覚めるずっと前から明るくなっていて、夜は、寝《ね》てからもしばらく明るいままだ。けれど冬になると、この世界は暗闇《くらやみ》につつまれる。夜の時間が延《の》びて、どんどん長くなっていく。寒さと暗闇《くらやみ》に立ち向かいたくないみたいに、昼の時間は縮《ちぢ》こまって短くなる。

そんな冬のあいだ、雪が降《ふ》る。

どんどん降《ふ》る。

ずうっと降《ふ》る。

そして、すべてが凍《こお》りついてしまう。部屋の窓《まど》から見える大きな湖、メーラレン湖までもが。湖が凍《こお》ると、何か月も凍《こお》ったままになる。石になったみたいに。その上を歩くことも、ぴょんぴょん飛びはねることもできる。スケートをすることも。わたしも湖をすべる。

ただし——

ただし、わたしは信用していないけど。

メーラレン湖を信用していない。

メーラレン湖は、どこか怖《こわ》いところがある。

小さいころに、この湖で溺《おぼ》れかけたせいね、とママは言う。そうかもしれないけど、わからない。おぼえてないんだもん。三歳《さい》だったから。わたしは、ひとりで氷の上を歩いていったらしい。ママはおじいちゃんといっしょに、湖のほとりにいた。でも、ふたりはほかのことに気を取られていた。氷がひび割《わ》れて、わたしは湖のなかにドボンと落ちた。悲鳴をあげると、口のなかに水がいっぱい入ってきて、わたしはふたりの前から姿《すがた》を消した。

当時のおじいちゃんは、とっくに年寄《としよ》りだったけど——いまはもっと年寄《としよ》りだ——湖の上を歩いて、わたしを助けにきた。足の下で氷が割《わ》れても、薄氷《はくひょう》を踏《ふ》みわたってきた。おじいちゃんは肩《かた》まで水にぬれていた。

そのあいだずっと、わたしは水のなかにいた。

おじいちゃんは暗い水の下に手をのばし、わたしの襟首《えりくび》をつかんで引っぱり上げた。

わたしは水を吐《は》いた。

おじいちゃんはわたしをかかえて、岸にもどった。

わたしはさらに水を吐《は》いた。そしてふた晩《ばん》、入院した。

このことを、自分ではぜんぜんおぼえていない。


夕食のとちゅうで、電話が鳴った。家の電話にかけてくるような相手は、ひとりしかいない。おじいちゃんだ。おじいちゃんはまだ携帯《けいたい》電話を持っていなくて、黒い小さな電話帳をいつも持ち歩いている。人に電話番号を教えてもらったら、ペンを取り出して電話帳に書きとめている。そんなことをする人は、おじいちゃんしかいない。

わたしは席を立って、電話に出た。

「もしもし、おじいちゃん？」

「どうして、わしだとわかったんだ？」そうききながらも、笑っていて——声の調子でわかる——、おじいちゃんは、つづけて言った。「冗談《じょうだん》はさておき。カーラ、今夜はストックホルムでも、しぶんぎ座《ざ》流星群が見えるかもしれんぞ。見たという情報《じょうほう》がある」

流星。しぶんぎ座《ざ》流星群は、流星の雨だ。十二月下旬《げじゅん》と一月上旬《じょうじゅん》に降《ふ》ってくる。

「おじいちゃんは見たの?」

「こっちはまだだが、天文台にいる友人と話をしてな。降《ふ》ってきているところらしい」

「見えるといいね」

「おまえのほうもな」

「さがしてみる」

「そうか。じゃあ、お母さんにかわってもらえるかね?」

「うん、おやすみなさい、おじいちゃん」

「おやすみ、カーラ」

わたしはママに電話をかわると、食事のつづきにもどった。ママとおじいちゃんは、長いこと話していた。おじいちゃんの声はきこえなくて、きこえるのはママが話すことだけだったけど、「うん、そうね」と「ええ、わかってる……」がほとんどだった。

ふたりはなんの話をしているんだろう? ここのところ、おじいちゃんはあまり具合がよくない。感染症《かんせんしょう》で入院して、回復《かいふく》したけど、入院中の検査《けんさ》で心臓《しんぞう》に異常《いじょう》が見つかっていた。鼓動《こどう》を打つタイミングがおかしいんだって。そのままでも生きていけるけど、夜中にいつおじいちゃんを連れ去ってしまってもおかしくない、とお医者さんたちは言っていた。

わたしはママのためにコーヒーを淹《い》れてから、食洗機《しょくせんき》にお皿をセットして静かに作動させた。

ママは電話を切ると、ノートパソコンを開いて、仕事にもどった。夜中まで仕事をつづけるのだろう。

わたしは降《ふ》ってくる星を見なくちゃ。

4

このごろ、おじいちゃんは物を減《へ》らそうとしている。減《へ》らした物のひとつが、望遠鏡だ。古い望遠鏡。おじいちゃんが子どものころ手に入れたものだ。おじいちゃんは、わたしがそれを気に入るんじゃないかと考えた。

おじいちゃんの予想どおり、わたしは望遠鏡を気に入った。

望遠鏡はいま、わたしの机《つくえ》の上に置いてある。机《つくえ》の向こうの窓台《まどだい》には、これもおじいちゃんのものだった、厚紙《あつがみ》でできた古い星座《せいざ》早見表がある。

星座《せいざ》早見表っていうのは、一年の知りたい時期に目盛《めもり》を合わせて使う、円形の星の地図。考えてみたら、確《たし》かに不思議だよね――目盛《めもり》を合わせて使う地図なんて――でも、そういうものなの。

星座《せいざ》早見表の内側にある厚紙《あつがみ》の輪を回転させて、今日の日付に合わせた。これで、今夜の北の空にどんな星が見えるかわかる。それから明かりを消して、暗闇《くらやみ》に目がなれるのを待った。

窓台《まどだい》から身を乗り出し、丘《おか》側に立っているアパートを見おろした。ぜんぶで六棟《とう》。どれもわたしたちの棟《とう》と同じ七階建てだけど、湖へとつづく下り坂に立っているから、高さがばらばらに見える。この部屋の窓《まど》からは、六棟《とう》ぜんぶの屋根といくつかの屋上、そして、そこに住む人たちの様子をながめることができた。

見おろした先には、いろんな家族が暮《く》らしていた。パジャマを着て寝《ね》るところの幼《おさな》い子どもたち。壁《かべ》一面ありそうな大画面でテレビゲームをしているティーンエイジャー。お鍋《なべ》の湯気で窓《まど》をくもらせながら、野菜を切って料理している大人たち。しばらくのあいだ、わたしはその人たちをながめていた。言っとくけど、のぞきじゃないからね。なにかさぐってやろうとか、そんなんじゃない。そもそも、わたしはだれにでも興味《きょうみ》を持つようなタイプでもないし。あの人たちとは知り合いでもない。ちょっとだけ人の暮《く》らしぶりを見ていただけ。

すぐに目をそらし、今度は屋根の上を見た。どの屋根にも雪がつもっている。その雪は深く、湖から吹《ふ》いてくる風で平らにならされていた。

ところが、ひとつの屋根につもった雪だけ、まっさらな状態《じょうたい》じゃなかった。そこには、なにかがあった。あるいは、だれかがいた。

あれって、足跡《あしあと》かな。

望遠鏡の前に行き、角度を下に向けて、接眼《せつがん》レンズを片目《かため》でのぞく。つまみを回してピントを調整し、屋根を見る。

やっぱり、そうだ。

屋根の雪の上に、足跡《あしあと》がある。

だれかが屋根の上を歩いていったみたいだ。足跡《あしあと》は屋根のてっぺんから始まっていて、樋《とい》の先のへりまで、ゆるやかな傾斜《けいしゃ》をくだっていた。

このこと自体は、べつに不思議なことじゃない。ここは雪国のスウェーデンなんだから。屋根の雪下ろしをしておかないと、もしもつもった雪がすべり落ちて、下を歩いていた人にあたってけがなんかさせたら、訴《うった》えられるかもしれない。だから、この集合住宅《じゅうたく》は、屋根に上がって雪下ろしをする作業員を雇《やと》っている。

きっと、だれかが屋根の上で整備《せいび》していたんだ。ちゃんと命綱《いのちづな》をつけて、ヘルメットもかぶって。

わたしは望遠鏡の角度を上に向けて、空をながめた。

空に見えるものをさがしながら、ピント調整のつまみをゆっくり回していく。

雲ひとつない空。

月は出ていない。

それでも、見えたのは、星がふたつか三つだけ。とびきり明るい星だけだ。あとの空は暗かった。正しい位置を、正しい焦点距離《しょうてんきょり》で見ていたのに。見えるものは、ほかにはなにもなかった。

それもそうだ。わたしは街に住んでいるんだから。

街には明かりがある。

明かりは空を染《そ》めている。

数えきれないほどの家の窓《まど》に灯《とも》っている、数えきれないほどの電灯の明かり。数えきれないほどの街灯と、またたくネオンサイン。くねりながら街をつらぬく、数えきれないほどの道路を走る、数えきれないほどの自動車のヘッドライトとテールランプ。見わたすかぎりの、生きている光の地図。あまりに明るく、あまりにまぶしくて、星も見えない。

この現象《げんしょう》を天文学者は、照明による〝夜空の輝《かがや》き〟と呼《よ》ぶ。

それでも、しぶんぎ座《ざ》流星群を待つだけの価値《かち》はある。すごい流星雨が降《ふ》ってくるのなら、期待せずにはいられない。きっと流星はひときわ輝《かがや》いて見えるはずだ。それに、大気の上層《じょうそう》では、光害が薄《うす》れることもある。風のおかげで空気が澄《す》みきっていて、太陽系《たいようけい》の外にある星や惑星《わくせい》が、いつもよりたくさん見えることもある。

そうして流星を待っていると、あることが起きた。

わたしはツイていた。

ものすごくツイていた。

5

明かりが消えた。

初めはひとつずつ、一棟《とう》ずつだったのが、つぎの瞬間《しゅんかん》、街じゅうの明かりがいっぺんに消えた。光のキルトのなかに大きな黒いつぎはぎがあらわれ、広がっていき、べつの黒いつぎはぎと重なり合い、巨大《きょだい》な黒い波が中心部に押《お》し寄《よ》せ、暗闇《くらやみ》と静けさが街をつつみこんだ。その波は湖へと押《お》し寄《よ》せ、橋をわたった。わたしは一部始終を見ていた。暗くなっていくアパートの窓《まど》。チカチカして消えていく街灯。やがて、その波は、湖の南側にいるわたしたちのところまで到達《とうたつ》して、丘《おか》の下のほうにあるアパートも暗くなった。

停電《ていでん》だ。

地下深くで、なにか小さな障害《しょうがい》があったのかもしれない。

しだいに、街の上空が、ちがう種類の光で満ちていく。

星が見える。

わたしは望遠鏡で星をながめた。

何百万キロも離《はな》れたところにある、氷と石の大きなかたまり。しぶんぎ座《ざ》流星群が降《ふ》ってきた。音もなく落ちてきて、この大気圏《たいきけん》で燃《も》え尽《つ》き、青や白や緑に輝《かがや》いている。

星が降《ふ》ってくる。

うっとりするほどきれいで、わたしは流星雨を長いあいだ観察していた。しばらくすると、ピント調整のつまみをそっと回して、望遠鏡の倍率《ばいりつ》を最大に近づけていった。流星雨を通《とお》り越《こ》し、惑星《わくせい》を通《とお》り越《こ》し、銀河《ぎんが》の星を通《とお》り越《こ》す。

アンドロメダ座《ざ》の星が見えた。

光の霧《きり》のようだ。

星団《せいだん》――銀河《ぎんが》――まるで真珠《しんじゅ》みたい。

そう思ううちに、アンドロメダ座《ざ》は消えた。


停電《ていでん》が終わったのだ。明かりがまた灯《とも》りはじめている。

星は消えていった。

窓《まど》の外に目をやると、絶《た》え間《ま》ない光の波が、あたり一帯に広がっていくのが見えた。もとどおり、すべての明かりがついた。すべての街灯、すべてのネオンサイン、すべての窓《まど》のすべての電灯が。

丘《おか》の低いほうのアパートを見おろすと、明かりとともに、窓辺《まどべ》の人々がまた動き出していた。それから、屋根にあった足跡《あしあと》を見ると、おかしなことに気づいた。足跡《あしあと》が増《ふ》えている。

さっきまでは、ひとつの屋根のてっぺんからへりまで足跡《あしあと》がついていた。なのに、いま見ると、足跡《あしあと》はそこで終わっていなかった。二十メートル先にある、となりの棟《とう》の屋根まで、そのままずっとつづいている。足跡《あしあと》の主は、となりの屋根まで、平気で空中を歩いていったみたいだ。

屋根と屋根のあいだは、だいぶ距離《きょり》がある。

地面からの高さは、二十メートル。

翼《つばさ》がないと、わたれない。

6

つぎの日の朝、起きたときにはもう明るかった。変な夢《ゆめ》にうなされたせいで、寝坊《ねぼう》しちゃったんだ。わたしはカーテンをあけて、足跡《あしあと》をさがした。

屋根の上には作業員がいて、雪下ろしをしていた。真っ赤な制服《せいふく》を着て、もっと真っ赤なヘルメットをかぶり、ロープをつないで屋根の斜面《しゃめん》を動き回っている。幅広《はばひろ》のブラシとシャベルを使って、雪を運んでいく。

大きな雪の板が音もなく落ちていって、道や庭にあたって飛び散った。真下を人が歩かないよう、ほかの作業員たちが見張《みは》りに立っている。

わたしが足跡《あしあと》を見つけた屋根からは、もう雪がおろされていた。

そこにだれかがいたという証拠《しょうこ》は、跡形《あとかた》もない。

わたしはキッチンに行った。ママはもう出社したあとだ。今夜遅《おそ》くまで、ママには会えないだろう。

一日じゅう、またひとりぼっち。

そのとき、最悪の気分におそわれた。

これまでにも味わったことのある気分。

近ごろは、前よりもしょっちゅう、こんな気分になる。

自分のなかを、冷たい風が吹《ふ》きぬけていくような気分。

いくら洋服を着こんだって、どうにもならない。どれだけ重ね着したって、ぜんぜん足りない。その風は、体のなかの骨《ほね》をガタガタと震《ふる》わせる。

大人はこれを〝抑《よく》うつ状態《じょうたい》〟と呼《よ》ぶ。

わたしはこれを〝孤独《こどく》〟と呼《よ》ぶ。

たとえば、昨日は一日じゅう、だれとも話をしなかった。あのスノーエンジェルを見つけるまでは。そのあと、わたしはあなたに語りかけはじめた。あのスノーエンジェルはどこかおかしくて、その答えを見つけるには、だれかと話さなきゃならなかった。だから、あなたに語りかけた。でも、それまでは、だれとも口をきいていなかった。

昨日は、バスに乗って、電車にも乗って、〈モール・オブ・スカンジナビア〉に行った。

ひょっとしたら、知っている子にばったり会って、話し相手ができるかもしれないと思ったから。丸一日、ショッピングモールで過《す》ごした。お店に入って服を見たり、カフェで古くてボロボロになった『トムは真夜中の庭で』を読み返したり、お年寄《としよ》りとならんで、長いあいだベンチにすわったりもした。

でも、一日じゅういても、知っている子はひとりも見かけなかった。

正直、わたしは友だちをつくるのが得意《とくい》じゃない。友だちづくりのスキルがなくて、やり方がわからない。相手にどう声をかければいいのか、わからない。

だから、自分のなかを冷たい風が吹《ふ》きぬけて、はげしく吹《ふ》き荒《あ》れるのを感じることになる。わたしのことを気にかけてくれる人なんて、どこかにいるのかなって考える。

この世界に、だれかひとりでも。

気分がおさまるのを、じっと待った。

やるべきことはそれ。立ちつづけていること。呼吸《こきゅう》を止めないこと。待っていれば、その気分は消えていく。

心のなかの冷たい風が弱まり、そよぎ、やんだ。

今日もなんとか乗り切れそう。
わたしはレーズンとハチミツ入りのおかゆをつくり、食べはじめた。
すると、電話が鳴った——固定電話が。
おじいちゃんだ。
わたしは駆《か》け寄《よ》って受話器を取った。
やっぱり、おじいちゃんだった。
おじいちゃんは、わたしの今日の予定を知りたがっていた。
スケートに行く気があるかどうかを。

7

うちから湖までは、だいたい一キロぐらいの距離《きょり》がある。わたしたちが住んでいるのは、丘《おか》のてっぺんにある古いアパート。丘《おか》と言っても、正確《せいかく》には岩なんだけど。ストックホルムは、水中からつき出した岩の上につくられた街なのだ。

湖までの下り坂のとちゅうには、新しいアパート群があり、わたしが足跡《あしあと》を見たのは、そこの屋根のひとつだ。どれもモダンな建物で、築《ちく》十年以下。共有スペースには、階段《かいだん》と舗装《ほそう》された遊歩道、装飾的《そうしょくてき》な庭園や、ぶらんこの置かれた遊び場がある。いまはすべてが雪の下に埋《う》もれているけど。

うちから新しい棟《とう》のほうへ行くには、でこぼこした古い石段《いしだん》を下りなきゃいけない。この階段《かいだん》がいつからあって、だれがなんのためにつくったものなのか、だれも知らない。だけど、大昔にだれかが、かたい岩を刻《きざ》んでつくったのだ。

ここの古い石段《いしだん》はバイキングがつくったんだよ、と学校の女子のひとりが言っていた。本当かうそかはわからないけど、その印象《いんしょう》が強かったから、わたしはこの石段《いしだん》を〝バイキングの階段《かいだん》〟と呼《よ》んでいる。

石段《いしだん》を下りたあとは、一列にならんだ古いガレージの前を通りすぎて、新しいアパートのあいだを縫《ぬ》うように通る道と階段《かいだん》を、ぐるぐるとくだっていく。目的地までの道順を知らなければ、まるで迷路《めいろ》だ。まずはこっちに進んで、つぎはあっち。それからまっすぐ行って、曲がって進む。そんなふうに進んでいくうちに、坂をくだりきったところに出てきて、気づけば森のなかにいる。

このあたりの森は、あのスノーエンジェルを見かけた森とは、ぜんぜんちがう。べつものだ。

こっちの森は暗い。

その昔、この森の所有権《しょゆうけん》をめぐる争いがあって、いまだに決着がついていない。だから、この森はいまのところ、だれかが手をつけることも、どこかに手を加えることも、なにかを建てることも許《ゆる》されていない。

ここには街灯がひとつもない。木々は成長して年を重ね、ママよりも、おじいちゃんさえもかなわないほど年を取っている。人が踏《ふ》み入《い》ってよく歩く場所には、自然と道ができている。

今日は、そんな道も雪の下にかくれてしまっている。わたしは自分で選んだ道を歩き、森を通りぬけていった。人はひとりも見かけなかった。ランニングする人も、犬の散歩をする人も。いるのはわたしだけで、空気はきれいな味がして、まじりけのない静けさがあった。

一歩踏《ふ》み出《だ》すごとに、ザクッと新たな音をたてて、この世界の表面に新しい跡《あと》を残す。わたしは小さく歌を口ずさんだ。だれにもきかれることはない。

歩いて、歌った。

進んでいく先にあるのは、すっかり風に吹《ふ》きさらされた雪と、ねじれて頭上で交わっている、葉っぱの落ちた黒い木々。枝《えだ》がからみあい、ちょっとした木のトンネルみたいになっていて、道が暗くなっている。

このトンネルを半分ぐらい進んだところから、足跡《あしあと》がつづいていた。人の足跡《あしあと》を見るのは、今朝はこれがはじめてだ。

しばらく足跡《あしあと》に沿《そ》って歩いていく。まだ新しい足跡《あしあと》だ。雪をくぼませているへりの部分が、かなりくっきりしているから。

小さな足。わたしみたいに。

わたしと同じ年ごろの子だ。

やがて足跡《あしあと》はとだえた。

足跡《あしあと》は空中でとだえていた。というか、足を踏《ふ》み出《だ》しているとちゅうで。

足跡《あしあと》はとだえて、つづきはなかった。

この足跡《あしあと》の持ち主は、とつぜん空中に浮《う》かびあがって、地面に足をつけずにそのまま歩いていっちゃったみたいだ。

こんなこと、ふつうは気にもとめないだろう。

だれかに指摘《してき》されるまで、おかしいことに気づかないよね。

わたしは孤独《こどく》だから、気づいてしまう。

時間を持てあましているせいで。

人を見るより、自然を見ている時間のほうが長い。でも、友だちをつくりたければ、それはたぶんまちがいなんだろうな。

わたしは地面の足跡《あしあと》を見つめた。

それから、木のトンネルをふり返った。

だれかが、わたしをからかおうとしているの？

だれかにこっそり見られていて、笑われているのかもしれない。そう思うと、急ぎ足になった。

湖まで坂をおりていく。

湖のほとりに着くと、スケート靴《ぐつ》のひもをしめた。

おじいちゃんは、もう氷の上にいる。

わたしに手をふっている。

8

わたしたちは一時間ぐらいすべった。わたしはスケート靴《ぐつ》で、おじいちゃんはショートスキーで。転ばないようにするため、ノルディックスキーのストックも使った。

空の高いところから、黒と灰色《はいいろ》のカラスが不思議そうに見おろしている。下のやつらは、かたくて白い氷の上でなにをしているんだ？

わたしとおじいちゃんはおしゃべりもせずに、ひたすらすべりつづけた。

氷の上には、ほかにも人がいた。ときどきばったり出くわして、あいさつを交《か》わしては、また思い思いの方向へすべっていく。

氷をすべるスケートの音が、耳に心地《ここち》よかった。

おじいちゃんが腕時計《うでどけい》を見て言った。

「そろそろつかれてきたよ」

湖の反対側には、ホットドッグやフライドポテト、アイスクリームを売っている売店《キオスク》がある。カウンターの奥《おく》にいる男の人とは、ここ何年かの冬のあいだに顔見知りになっていた。わたしたちがスケート靴《ぐつ》を脱《ぬ》いで近づいていくと、手をふってくれた。この店主はアブドゥルという名前で、イラン人かペルシア人だ。一九七〇年代後半に、難民《なんみん》としてスウェーデンにやってきた。いまではアブドゥルもおじいちゃんで、わたしと同じ学校に通うスウェーデン人の孫がいる。

アブドゥルはわたしたちが口を開く前から、なにを注文するかわかっていた。ケチャップとマスタードたっぷりのヴィーガン・ホットドッグ、コーヒー一杯《ぱい》、ユールムスト〔スウェーデンでクリスマスに飲まれる炭酸（たんさん）飲料〕ひと缶《かん》。

おじいちゃんがお金を払《はら》うと、わたしたちはそばにあるベンチにすわって食べた。そのときになって、おじいちゃんがどんなにつかれているのか、はじめて気づいた。おじいちゃんは年寄《としよ》りで、天文学的に年を取っている。なのに、ストックホルムの街から二十キロ離《はな》れた郊外《こうがい》の古い家で、いまも一人暮《ぐ》らしをしている。氷の上でスキーはすいすいすべれても、乾《かわ》いた陸地では思うように動けず、こわごわ足を踏《ふ》み出《だ》している。

この冬は、湖に来る回数も減《へ》っていた。

わたしたちは、だまってホットドッグを食べた。おじいちゃんは、わたしになにか話したいことがあるのに、言えずにいる——いまはまだ。わたしには、それがわかった。もしかしたら、また今度にしようと決めたのかもしれない。わたしも、それでいい。だから、ホットドッグを食べ終えて、おじいちゃんがコーヒーのおかわりをもらいにいったあとは、かわりに星の話をした。

おじいちゃんからはじめて星の話をきいたのは、いつだっただろう。星とはなんなのか。どれほど遠く離《はな》れているのか。宇宙《うちゅう》はどんなに大きいのか。遥《はる》かかなたにあるけれど、わたしたちの太陽と同じように、星も自分で光を出している恒星《こうせい》だと、ずっと前から知っていた気がする。

でも、それがどういう意味なのかを理解《りかい》した瞬間《しゅんかん》のことは、はっきりおぼえている。あのとき、わたしたちはおじいちゃんの家の庭にいた。秋の夜で、空は晴れていた。東に見える街は、遠い光にすぎなかった。

空に星が輝《かがや》いていた。

無数の星があった。

宇宙《うちゅう》は巨大《きょだい》で、わたしたちはちっぽけだ。

宇宙《うちゅう》は、想像《そうぞう》できるどんなものよりも、広くて大きい。〝計《はか》り知れない距離《きょり》〟なんて表現《ひょうげん》でも足りないぐらい。光にさえ宇宙《うちゅう》は広すぎる。宇宙《うちゅう》をわたって輝《かがや》きを届《とど》けるには、光のスピードでも遅《おそ》いほどだ。

光でさえもひとりぼっちで、広大なからっぽの宇宙《うちゅう》空間を進んでいく。

「ほら」おじいちゃんは指さした。「アンドロメダ座《ざ》だよ」

おじいちゃんはわたしの手を握《にぎ》った。

真珠《しんじゅ》みたいな星。

アンドロメダ銀河《ぎんが》がどんなに遠くにあるのか、おじいちゃんは話してくれた。二百五十万光年の距離《きょり》。つまり、わたしたちが見ているのは、二百五十万年前のアンドロメダなのだ。遠い昔に放たれた光が、それだけの歳月《さいげつ》をかけて、やっと届《とど》いていた。

わたしたちが見ているのは、過去《かこ》のものだ。

「こっちから向こうは見えても、向こうからこっちは見えない」おじいちゃんは言っていた。「向こうにとって、こっちは存在《そんざい》していない。まだ生まれてないってことだ」

もしも、いまこの瞬間《しゅんかん》に、アンドロメダ銀河《ぎんが》の惑星《わくせい》のひとつに住んでいる人がいたとして、高性能《こうせいのう》の望遠鏡で地球をながめていたとしたら。その人が見ているのは、二百五十万年前の地球だ。

その人には、わたしやおじいちゃんが見えないはず。スウェーデンも、この街の光も、ピラミッドさえも。

人間の姿《すがた》は見えない。二百五十万年前、人類はまだ生まれていないいんだから。

わたしたちの祖先《そせん》にあたるアウストラロピテクスなら、アフリカを見ればいるかもしれない。

人類の祖先《そせん》が月や星を見あげて、流星が降《ふ》ってくるのを観察し、二百五十万年前よりもっと昔のアンドロメダをながめているところが、見えるかもしれない。

星を見つめながら、あそこにはだれがいるんだろう、と思いをめぐらせているところが。

おじいちゃんは、わたしの手をぎゅっと握《にぎ》りしめた。


あの秋、おじいちゃんはまだ元気だった。入院したことだって一度もなかった。けれど、時は流れた。かなりの年を重ねた人間に、歳月《さいげつ》が影響《えいきょう》をおよぼしはじめていた。そのあと、おじいちゃんは入退院《にゅうたいいん》を二、三回くり返した。

湖でおじいちゃんが話したかったのは、そのことじゃないかな。
おじいちゃんの死について。
そのあと起こることについて。
おじいちゃんがいなくなったら、わたしとママはどうやって生きていくのかについて。
だけど結局、それをおじいちゃんが口にすることはなかった。
コーヒーを飲みほすと、おじいちゃんは腕時計《うでどけい》を見て言った。「冷えてきたな」

売店からちょっと歩いたところのバス停《てい》に、バスが一台停《と》まっているのが見えた。急ぐことができないおじいちゃんのために、わたしは先に走っていって、バスを待たせておいた。お別れのハグをすると、おじいちゃんはバスに乗って行ってしまった。わたしは引き返して湖をスケートでわたり、木々の生《お》い茂《しげ》ったあの森へもどっていく。

9

帰りも、行きに足跡《あしあと》を見かけた木のトンネルをくぐった。

行きと帰りのあいだに、おおぜいの人や犬がここを通っていて、たくさんの足跡《あしあと》を残し、雪道をぬかるみにかえている。どれが最初の足跡《あしあと》で、どれがあとでついたものか、もう見分けがつかない。

謎《なぞ》は消し去られていた。

でも、あたりをながめているうちに、地面のぬかるみのなかに、新たなものを発見した。

一枚《まい》のコイン。

小さくて、灰色《はいいろ》の雪に埋《う》もれかけている。わたしは手袋《てぶくろ》をはずして手をのばし、雪を払《はら》い落とすと、コインを手にのせた。

こんなにかわったコインは、見たことがない。

重さを感じなくて、ふわりと手から浮《う》かんでいってしまいそう。いまのコインに使われている材料とはちがって、ずっと安価《あんか》な金属《きんぞく》でできている。それに、1942と製造年《せいぞうねん》が刻印《こくいん》されているけど、そんな昔につくられたものにしては、古ぼけた感じがしない。

〝ペニヒ〟と書かれているのが読めた。

コインの片面《かためん》には、大きな数字の〝5〟。反対の面には、鷲《わし》が描《えが》かれている。鷲《わし》の下には、かぎ十字が。

それがなにか、わたしにはわかった。なにを意味するのか、わかっている。

これがどこのコインか、わかった。

ドイツのコイン――だけど、いまのドイツのものじゃない。昔のドイツ、ぜんぜんちがうドイツだったころのものだ。

そのとき、ヒソヒソとささやき声がきこえてきた。雪を踏《ふ》みしめるブーツの足音がする。

まわりを見まわすと、ちょうどそこへ――

ビューン！

なにかが顔を直撃《ちょくげき》した。

雪玉だ。

ビューン！

また雪玉。でも、今度ははずれた。

と思ったら――ビューン！――べつの雪玉が――わたしの顔に命中した。

森のなかを四人の男子がやってくる。準備《じゅんび》した雪玉をどっさりかかえて。

同じ学校の子たちだ。冬休み中に、いちばん会いたくない相手。

さらに雪玉が飛んでくる。立ち上がって走り出すと、雪玉が背中《せなか》にあたって飛び散った。

後ろから笑い声がきこえた。

雪玉の雨がやんだ。あの子たちは、また雪玉をつくっている。雪をすくって、かたくて冷たい雪玉をぎゅっぎゅっと握《にぎ》っている。

わたしは木の陰《かげ》にうずくまり、茂《しげ》みから盗《ぬす》み見《み》た。

ひとり、知っている子がいる。というより、全員を知っている――顔は。でも、ひとりは名前もわかる。

ラーズ。

たぶん、十二歳《さい》。わたしの一つ上。わたしは黒髪《くろかみ》だけど、ラーズはほとんどのスウェーデン人みたいに金髪《きんぱつ》。

ふた言ぐらいしか話したことはないけど、きっとラーズはわたしをきらっている。

最悪なことに、わたしたちは家が近所だ。ラーズの家は、湖へ向かう下り坂にある新しいアパートのひとつ。つまり、ばったり出くわしたり、同じバス停《てい》で待つことになったり、帰りのバスがいっしょになっても気づかないふりをしたり、そういうことがしょっちゅうある。

わたしもラーズがきらい。

なのに、そんなやつがこの四人組のリーダー。

見ると、ラーズは雪玉に石を押《お》しこんでいる。黒く冷たい石。あたったら、けがをする。

あんまりだ、とわたしは思った。

石はひきょうでしょ。

わたしは雪をすくい取って、ぎゅっとかためた。

こっちに向かって、雪玉がビュンビュン飛んでくる。

わたしはねらいをつけて――雪玉を投げた。

ラーズのねらいははずれて――石は木にぶつかった。

わたしの雪玉はラーズの顔に――バシッ！――命中した。

雪玉がさらに飛んできたけど、わたしは動かなかった。その場にかたまって、ラーズの顔が真っ赤になるのを見ていた。ラーズはとまどい、はげしい怒《いか》りに身を震《ふる》わせている。

お互《たが》いの目が合った。

わたしは回れ右をして、走り出した。全速力で。森をぬけるルートはわかっていて、こっちへ行き、あっちへ行き、そうこうするうちに踏《ふ》みならされた道に出た。後ろからは、ラーズと仲間たちが追いかけてきている。わめき声。雪を踏《ふ》む足音。

わたしは走りつづけた。向こうから、犬を散歩させている人がやってきた。二頭の大きな黒い犬は、リードにつながれていない。犬たちに吠《ほ》えられても、わたしはかまわず走りつづけた。犬たちがすっかり興奮《こうふん》して騒《さわ》いでいるのが、後ろからきこえてきた。そこへ四人の男子が全力疾走《しっそう》でやってくると、これは最高に愉快《ゆかい》な遊びだと犬たちは思いこんだ。わたしがふり返って見たときには、いちばん大きな犬がラーズの胸《むね》に前足を押《お》し当《あ》て、木に釘《くぎ》づけにしているのを、飼《か》い主《ぬし》が引《ひ》き離《はな》そうとしているところだった。

走りつづけていくと、新しいアパートがあるところにたどり着いた。男子たちはもう追いかけてこなかったから、走るのをやめて歩きはじめる。冬物の服の下は、汗《あせ》びっしょりだ。息を切らし、赤い顔をして、〝バイキングの階段《かいだん》〟をのぼっていく。

今度ラーズに会ったら、面倒《めんどう》なことになりそう。いつでも逃《に》げられるようにしておかないと。ラーズはわたしより体が大きい。それに、ケンカの経験《けいけん》もある。学校で一度、ラーズがケンカしているのを見たことがある。殴《なぐ》ったり蹴《け》ったりする本物のケンカで、相手の男子は泣き出した。

泣くのは失敗だ、とわたしは思う。

なにをするにしても、泣くのだけはだめ。

泣いているところを相手に見せちゃだめ。

でも、わたしは雪玉をラーズの顔に命中させた。それって、ちがう種類の失敗をしたってことじゃない？

とにかく、これからはラーズを避《さ》けなきゃ。

あれこれ考えているうちに、家に着いた。

アパートの玄関《げんかん》ホールに入る。

だんだん呼吸《こきゅう》が落ち着いてきた。

手袋《てぶくろ》をはずす。

あのコインはまだ持っていた。

鷲《わし》とかぎ十字が描《えが》かれたコイン。

雪玉が飛んできたとき、なくさないよう、とっさに手袋《てぶくろ》にしまったのだ。

10

家に入ると、電気はひとつもついていなかった。

わたしは自分の部屋に直行した。低い位置にある湖では太陽が沈《しず》んでいたけど、丘《おか》の頂《ちょう》上《じょう》にあるアパートの七階では、太陽は西の方角に沈《しず》みかけているところだ。

部屋の明かりはつけていない。太陽の最後の光が射《さ》しこんでいるだけ。わたしはベッドに腰《こし》かけて、雪のなかで見つけたコインをながめた。

だれかが、これを雪のなかに落とした。

でも、なんでこんなコインをいま持っているんだろう？

もう使えないのに。お金としての価値《かち》がないし、このコインをつくった国は、遠い昔に負けたんだから。

だれかのポケットに入っているんじゃなく、博物館に保管《ほかん》されるような品物だ。

かぎ十字が描《えが》かれたコインなんて、だれがほしがるの？

それがなんのシンボルかを知りながら。

だれもが知っていることだ。

このコインがどこのものか、わたしは知っている。

そこでなにがあったか、わたしは知っている。

六百万人が殺《ころ》された。

ユダヤ人だというだけで、ほかにはなんの理由もなく、六百万人の大人と子どもが殺《ころ》された。

それはホロコーストと呼《よ》ばれている。

わたしは、コインに描《えが》かれたかぎ十字をまじまじと見つめた。

指でなぞってみると、ふちの部分がちょっとだけ高くなっているのがわかる。

窓《まど》の外では、最後の陽《ひ》射《ざ》しが薄《うす》れて消えつつあった。

部屋の奥《おく》にある棚《たな》を見上げた。棚《たな》の上には、がらくたがいっぱい詰《つ》まった缶《かん》が置いてある。ママが子どものころに使っていた古いビスケットの缶《かん》で、催《もよお》し物《もの》会場を歩く男女の色あせた絵柄《えがら》がついている。

コインは、そこにしまっておこう。

棚《たな》から缶《かん》を下ろし、ふたをあける。缶《かん》のなかには、ありとあらゆる子どもっぽいもの、持っているのも忘《わす》れていたものが入っていた。ビー玉、ペンナイフ、ひもにぶらさがったブリキ製《せい》の古いホイッスル、穴《あな》のあるデンマークのコイン、プラスチックの虫眼鏡《むしめがね》、鉛筆《えんぴつ》三本、いつだかスウェーデン南部の海辺で拾い集めた石。

ほかのがらくたといっしょにコインを缶《かん》にしまい、ホイッスルを取り出した。ひと吹《ふ》きしてみて（いい音がした）、ひもに頭をくぐらせて首からさげる。そうしていると、なぜだか落ち着いた。それから缶《かん》のふたを閉《と》じ、棚《たな》にもどした。

いつのまにか、太陽は沈《しず》んでいた。

部屋のなかが暗くなっている。

それでも電気をつけず、暗闇《くらやみ》のなかにじっとすわっていた。頭のなかを整理したくて。

これまでの出来事が、頭をよぎっていく。スノーエンジェル、屋根につもった雪の上の足跡《あしあと》、恐《おそ》ろしい歴史《れきし》を持つコイン……

ラーズ。

完璧《かんぺき》な金髪《きんぱつ》のラーズ。

ラーズのことは、考えてもむだ。

やっちゃったことは、取り消せないんだから。わたしのことを忘《わす》れて新たなターゲットを見つけるまで、とにかくラーズを避《さ》けておくしかない。

それより、おじいちゃんのこと。

今日のおじいちゃん、なにか話したそうだった。

わたしは後ろを向いた。窓辺《まどべ》の机《つくえ》に、おじいちゃんにもらった望遠鏡が置いてある。

立ち上がり、望遠鏡に近づいた。

片目《かため》でレンズをのぞく。

ピント調整のつまみを回していく。

昨日の夜、足跡《あしあと》を見つけたアパートの屋根を見る。いまはなにもない。今日のうちに降《ふ》った新しい雪が、うっすらつもっているだけ。

望遠鏡の向きをゆっくりかえて、下にかたむける。

ラーズがいた。ひとりでバス停《てい》から歩いて帰るところだ。ラーズの家は、坂のとちゅうに立つ新しいアパートのひとつ。どこに住んでいるのか、知っておくといいかも。それなら、ばったり会わずにすむ。わたしは望遠鏡でラーズの姿《すがた》を追った。通りをぬけて小道を進み、棟《とう》のひとつにかくれて見えなくなったけど、べつの棟《とう》の玄関《げんかん》にいるのが見つかった。ラーズがドアの解除《かいじょ》コードを入力してなかに入るまで、わたしは見届《みとど》けた。

今度は望遠鏡を西に向けて、湖のそばにある森にねらいをつけた。

あそこには街灯がひとつもない。黒い枝《えだ》がからみあい、薄闇《うすやみ》のなかで雪だけがほのかに青白く光って、地面から数メートル浮《う》かび上がっているように見える。

望遠鏡のピントのつまみを回すと、画像《がぞう》がくっきりして、雪のなかに足跡《あしあと》が見えた。それが自分の足跡《あしあと》だということに、すぐには気づかなかった。今朝、湖に向かうとちゅうで、森を通りぬけたときにつけた足跡《あしあと》だ。

自分の足跡《あしあと》をそんなふうに見るのは、不思議な感じがした。いまはこんなにも遠く離《はな》れているのに、木々の茂《しげ》った暗い森に、足跡《あしあと》だけが残っている。過去《かこ》をふり返っているみたい。

なんだか、さびしくなる。

しばらくのあいだ、自分の足跡《あしあと》を見つめていた。木々のあいだを風が吹《ふ》きぬけて、すこしだけ雪を動かしたあと、風はやんだ。森は寒い夜を迎《むか》えている。

ほどなく、森にだれかがいるのが見えた。

わたしがつくった道を、だれかが歩いてくる。

わたしの足跡《あしあと》の上を、だれかが歩いている。

女の子だ。

11

望遠鏡を拡大《かくだい》すると、細かいところまでよく見えた。樹皮《じゅひ》が見えた。枝《えだ》にとまって羽毛《うもう》を立てているカラスが見えた。

女の子の顔が見えた。わたしの足跡《あしあと》をたどって、森をぬける小道を歩いてきた女の子の顔が。

わたしと同い年か、ちょっと年上。黒髪《くろかみ》で、わたしの髪《かみ》よりもさらに黒い。寒さで肌《はだ》が青く見えるほどで、幽霊《ゆうれい》に取りつかれているみたいだ。着古された厚地《あつじ》のロングコートは、サイズがふたつ分ほど大きすぎる。手袋《てぶくろ》――ミトン――は、この寒さには生地《きじ》が薄《うす》すぎる。

あんな寒いなかで、いったいなにをしているんだろう。

このままだと、ひどい風邪《かぜ》をひいちゃいそう。

女の子は、古いロングコートのポケットに棒切《ぼうき》れや小枝《こえだ》、古い木のかけらを入れて持ち運んでいた。ときどき立ち止まっては、雪のなかに落ちている枝《えだ》や木片《もくへん》をまた拾っていく。

そんなふうに拾い集める様子を、わたしは見守っていた。いつしか、女の子はひと束の枝《えだ》を小脇《こわき》にかかえ、ポケットのなかを棒切《ぼうき》れでいっぱいにしていた。

たきぎだ。

たき火をするための木の枝《えだ》を集めているんだ。

手つかずの雪がこんもりつもったかたまりの前で、女の子は足を止めた。なにを思ったのか、枝《えだ》の束を地面に置くと、雪の吹《ふ》きだまりのなかへ歩いていく。

そして、あおむけに倒《たお》れた。

両手を広げた。

届《とど》く範囲《はんい》にある雪をすべて押《お》し払《はら》った。

そうやって、完璧《かんぺき》なスノーエンジェルをつくった。

そのあと女の子は起き上がり、雪を払《はら》い落とすと、小道へもどっていった。スノーエンジェルまで往復《おうふく》した足跡《あしあと》を、どうやって消すんだろう？　女の子はスノーエンジェルを見ると、自分のしたことに満足したみたいで、たきぎを拾い上げて、また歩き出した。

わたしは、その子のちょっとした行動も見逃《みのが》さずにいた。

女の子は湖へ降《お》りていく。

濃灰色《のうかいしょく》の夜のなか、メーラレン湖はぼやけた白いからっぽの空間に見えた。街明かりがかすかに輝《かがや》き、くすんだ湖面に反射《はんしゃ》している。

女の子は、氷の上を歩いた。スケート靴《ぐつ》は履《は》いていない。スキーも。たぶん、スタッドかスパイクのついたブーツだけ。まっすぐ立っていられるだけのグリップ力があるもの。

女の子は、たきぎを小脇《こわき》にかかえながら進みつづけている。氷の上を西の方角へずんずん歩いていき、街から遠ざかって、暗いほうへ進んでいく。どこか目的地があるらしい。

女の子のまわりには、闇《やみ》が渦巻《うずま》いている。

あそこになにがあるの？

湖の真ん中に、いったいなにが？

氷のかたまりだと思っていた遠くに見える黒っぽい輪郭《りんかく》が、べつのものにかわった。

島だ。

湖の真ん中にある島。

島があるなんて、いままでぜんぜん気づかなかった。

だけど、確《たし》かに島があり、そこに女の子がいる。

女の子が島に上がり、森のなかに姿《すがた》を消すのを、わたしは見つめていた。

そのまま様子をうかがっていると、しだいに見えてきた。

木々のすきまから、低い炎《ほのお》の赤い輝《かがや》きが。

枝《えだ》や棒切《ぼうき》れの使いみちは、予想どおりだった。たき火をするために集めたってこと。あの子は今夜、ここで過《す》ごすつもりなんだ。

学校やガールスカウトのサバイバル訓練に参加しているのかな。これは試験で、大人が監督《かんとく》していて、ちゃんと保険《ほけん》にも入っているんだろう。最初は、そう思った。

でも、あの子の服は。

あの子の服は、すり切れている。

こんなの普通《ふつう》じゃない。

必死で、悲しくて、恐《おそ》ろしい行動だ。

あの子のことを、もっと調べてみないと。

12

その夜は嵐《あらし》になった。本物の暴風雪《ブリザード》で、朝になってわたしが起きたときも建物のまわりで風がビュービュー吹《ふ》いていて、すでにつもっていた雪を新たな雪が覆《おお》いつくしていた。カーテンを開けて、湖を見わたす。雪はやみそうにない。ゆうべ望遠鏡で見た女の子のことを、そのとき思い出した。

森のなかの女の子。

島にいた女の子。

望遠鏡は、ゆうべの場所にそのまま置いてある。レンズをのぞくと、遠くにぼんやりと島が見えた。あの島は、嵐《あらし》の影響《えいきょう》を受けていない。雪は島を避《さ》けるようにして降《ふ》り、風は勢《いきお》いをゆるめることなく向きをかえ、岸辺に生えた木々だけが風に揺《ゆ》れている。

島の上にはなにもない。だれも住んでいない。住めるはずがない。こんな嵐《あらし》のなか、ひと晩《ばん》あそこで過《す》ごすなんて無理。あんなところにひとりでいて、生きのびられるはずがない。

あの子は現実《げんじつ》に存在《そんざい》したの？

いまとなっては、あまり自信がなかった。

わたしの妄想《もうそう》？

ひとつ現実《げんじつ》に存在《そんざい》するのは、雪のなかで見つけたコイン。あれはまぎれもなく本物だ。

あのコインについて、もっと知りたい。どうしてあそこにあったのか、知りたい。

13

わたしは吹雪《ふぶき》のなかに出ていった。雪まじりの風が四方八方から吹《ふ》きつけてくる。風雪は防《ふせ》ぎようがなく、走っていってバス停《てい》に避難《ひなん》した。

街に行くバスに乗り、旧市街《きゅうしがい》と海岸地区へ向かう。

港では、バルト海が緑色の荒《あ》れくるう波をわき返らせている。錆《さ》びたブイがぐらぐら揺《ゆ》れて、冬の海に浮《う》きつ沈《しず》みつしている。岸からもっと離《はな》れたところには、アパートと同じぐらいの高さがあるクルーズ船が停泊《ていはく》していた。船はひとつの島になり、そこには捕《と》らわれの島民までいる。どのデッキの窓《まど》にも、棒線《ぼうせん》で描《えが》いたような人の姿《すがた》があった。あそこにいる休暇《きゅうか》中の人たちは、閉《と》じこめられた気分なのかな、それとも、ひそかにこの嵐《あらし》を楽しんでいるのかな。

旧市街《きゅうしがい》へ歩いていくと、高い壁《かべ》と細い通りのおかげで、すこしは暴風雪《ブリザード》がしのげた。角を曲がると、目的地の古い骨董品《こっとうひん》店があった。記憶《きおく》にあるより、おんぼろだ。店にも、店がある濡《ぬ》れた石畳《いしだたみ》の通りにも、暗い影《かげ》がまとわりついている。店も通りも一日じゅう、夏でも影《かげ》のなかに入っていた。

入口の看板《かんばん》は〝営業中《えいぎょう》〟となっている。看板《かんばん》といっても、すっかり手あかのついた、ただの古いカードだ。ショーウインドウの展示品《てんじひん》はごちゃごちゃして、ほこりにまみれていた。何年も前から、なにもかわっていない。だけど、紫色《むらさきいろ》の布《ぬの》の上に置かれたぶかっこうな陶磁器《とうじき》にまじって、ヨーロッパじゅうのあらゆる国の古いコインがある。そのために、わたしはここに来た。あのコインについて、もっとくわしく調べるために。

あのドイツのコインについて。

鈍《にぶ》い色の真鍮製《しんちゅうせい》のドアハンドルをつかみ、なかに入る。ドアの上にぶらさがった古い金《きん》属《ぞく》のベルがチリンと鳴り、わたしはドアを閉《し》めた。

店内は薄暗《うすぐら》く、独特《どくとく》のにおいがした。ほこりと歳月《さいげつ》、それに対策《たいさく》していない湿気《しっけ》とか黒カビとか、健康に悪そうなにおい。

わたしはあたりを見回した。店内は物であふれている。古いもの、へんてこなもの、ぶかっこうなもの。テーブル、椅子《いす》、ばらばらの焼き物、どれもこれもまとまりがなく、見ていると目がチカチカする。直射日光《ちょくしゃ》があたらないので、けばけばしい色はあせることがなかった。

こういうがらくたの上に、時計があった。木製《もくせい》や真鍮製《しんちゅうせい》の古い時計が、壁《かべ》にぐるりと十数個《こ》かけられている。店に入ったときから、静けさのなかでカチカチと時を刻《きざ》む音がきこえていた。

わたしはカウンターに向かった。古びて緑色を帯びたガラス張《ば》りのカウンター。下に置かれた展示《てんじ》ケースにも、古いコインがならんでいるのが、ガラス越《ご》しに見えた。まるで水のなかのコインみたい。

カウンターの奥《おく》には作業台があり、作業台の奥《おく》には私室《ししつ》に下りる木製《もくせい》の階段《かいだん》がある。

しばらくするとパタパタという音がして、一頭の小型犬《こがたけん》が奥《おく》の短い階段《かいだん》を上がってきた。

犬は足を止めてわたしを見ると、頭をかたむけた。それから反対を向いて、また階下へ引き返していった。

そのあとすぐ、おじいさんが足を引きずりながら、同じ階段《かいだん》を上がってカウンターに出てきた。白髪《はくはつ》のロングヘアーが肩《かた》までゆるやかに垂《た》れている。店で働くには、年を取りすぎている。もちろん、老人は働けないとか、働くべきじゃないってことじゃなくて、この店主が階段《かいだん》を上がるのに苦労していたから、そう思っただけ。店主は杖《つえ》を持っていた。つかれた様子で、片側《かたがわ》に杖《つえ》をつきながら顔をしかめている。だけど、丸眼鏡《まるめがね》を通してこっちを見たときには、息も切らしていなかったし、その声はおどろくほどしっかりしていた。

「子どもはお断《ことわ》りだ」と店主は言った。

「ひとつだけ質問《しつもん》があって」

「質問《しつもん》もお断《ことわ》りだ」

「これを見つけたんです」

コインをつつんであったハンカチを開いた。

あのコインがあらわれた。

かぎ十字の面を上にして。

店主は、それを見た。「出ていくんだ」という言葉が舌先《したさき》まで出かかっていたのを、ぐっとのみこんだ。集中した鋭《するど》い目つきになって、眼鏡《めがね》の奥《おく》の目を見開いている。

カウンターの後ろから、薄《うす》くて清潔《せいけつ》な白い木綿《もめん》の手袋《てぶくろ》を取り、両手にはめた。それから、コインに片手《かたて》をのばす。

「いいかね？」

「どうぞ」

店主はコインを手に取り、目の高さにかかげると、目をこらしてじっくりながめた。眼鏡《めがね》を上げたり下げたりしている。遠近両用眼鏡《めがね》だ。

「軽いでしょ。重さをちっとも感じないぐらい」わたしは言った。

「そうだな。亜鉛《あえん》だ。安価《あんか》な金属《きんぞく》だよ。戦時中だったから。昔の戦争のことだ。もっと重くて頑丈《がんじょう》な金属《きんぞく》は、銃弾《じゅうだん》や爆弾《ばくだん》のために取ってあった」

「かぎ十字が描《えが》かれてる」

「ああ」

返事をしたあと、店主は後ろを向いた。カウンターの奥《おく》にある作業台には、拡大鏡《かくだいきょう》や小さな明るいライト、金属製《きんぞくせい》の繊細《せんさい》な道具類が置かれている。

店主はコインを作業台にのせた。大きな拡大鏡《かくだいきょう》の向きをかえてコインの上にかざし、パチッとライトをつける。そして、かなり拡大《かくだい》されたコインをまじまじと観察しはじめた。作業しながら、たずねてきた。「きみの名前は？」

「カーラ・ルーカス」

「カーラか。私《わたし》はアルバート・ブレックだ」

「アルバートさん、こんにちは」

アルバートさんは、フームと声をもらした。このコインの謎《なぞ》に頭をひねっている。

「ドイツ。一九四二年」

「ですよね」

「うむ。これは本物だ。しかし、真新しく見える……そこが腑《ふ》に落ちない。個人《こじん》のコレクションでもないかぎりは」

アルバートさんはふり返り、眼鏡《めがね》越《ご》しにわたしを見た。

「こいつをどこで見つけたって？」

「メーラレン」

「あの湖か？」

「そうです」

「あの湖」アルバートさんはぽつりとつぶやいた。その瞬間《しゅんかん》、ある種の放心状態《じょうたい》に陥《おちい》ったみたいだった。ドイツのコインはいまもその手のなかにあったけど、いまでは押《お》しつぶそうとするように、ぎゅっと握《にぎ》りしめている。そんなふうにしながら、なにか言おうとしているみたいに口をすこし開いて、わたしの頭の上あたりを見つめていた。

きっと、なにかを思い出しているのだ。なにかの記憶《きおく》が呼《よ》び起《お》こされたらしい。湖に関係のある記憶《きおく》か、コインに関係のある記憶《きおく》が。

わたしは待ちきれなくなって、袖《そで》にわざと咳《せ》きこんでみた。

アルバートさんは反応《はんのう》しない。

もう一度、もっと大きな咳《せき》をすると、やっとこっちを見てくれた。

どこにも心をさまよわせていなかったように。

「どのへんかね？　湖の、どのあたりだ？」

「草ぼうぼうの森のなかです。街の西側の」

それがどこか正確《せいかく》にわかっているみたいに、アルバートさんはうなずいた。

「コインを返してもらえますか？」わたしはたのんだ。

アルバートさんはこぶしをほどき、手のひらのコインを見つめた。

「ああ。返そう。二日後に」

「二日後？」

「そう。このコインにどれだけの値打《ねう》ちがあるのか、調べてあげよう。それでいいかね？」

「うーん、まあ」思ってもみなかったことだ。かぎ十字のことだけで頭がいっぱいだったから。

「きみにはこれを売る義務《ぎむ》はない。だが、売りたければ、喜《よろこ》んで買い手を見つけよう」

アルバートさんは、青いカーボン複写紙《ふくしゃし》をはさんだ古い便せんになにかを書きつけると、スタンプを押《お》した。それから、いちばん上の紙をはぎ取って、わたしにくれた。

「受取証《うけとりしょう》だよ。これを持って、またおいで」

14

家に帰ると、その日はもう出かけなかった。窓台《まどだい》にすわって読書しながら、ときどき本から顔を上げて、街に吹き荒《ふあ》れる嵐《あらし》をながめていた。

家のなかで過《す》ごしながら、ひそかにわくわくしていた——タイムトラベルをする子どもの物語を読みながら——雹《ひょう》や横なぐりの雨がアパートにたたきつけて、木々にはげしく打ちつけている様子を、安全な屋内から見物できることに。

昼下がりには、嵐《あらし》はおさまっていた。

空が晴れて、湖の上の低い位置に太陽があらわれた。ただいま、きみのことは忘《わす》れてないよ、ほら、光をどうぞ、とでも言うみたいに。

その太陽も、やがて沈《しず》んだ。

わたしは森で見かけた女の子のことを思った。あの子は現実《げんじつ》だったのかな。もしも現実《げんじつ》で、わたしの空想の産物なんかじゃないとしたら。嵐《あらし》が過《す》ぎ去《さ》ったいま、あの子は動き出しているだろう。島にひとりで暮《く》らしているのなら、暗くて長い夜を暖《あたた》かく過《す》ごすため、たき火の枝《えだ》を集めるはずだ。

望遠鏡を片目《かため》でのぞき、草木の生《お》い茂《しげ》った森を見たけれど、人の姿《すがた》はなかった。見えるのは、雪とカラスだけ。

つぎに湖を見ると、そこにあの女の子がいた。

広大な氷の上を、ひとりで歩いていく。たきぎを運びながら、あの島へ向かっている。島にたどり着くと、たきぎを下ろして、ブーツを脱《ぬ》いだ。そして、どこか見えないところから、赤いスケート靴《ぐつ》を取り出した。

女の子はスケート靴《ぐつ》を履《は》いて、氷の上に踏《ふ》み出《だ》していく。

初めのうちは、こわごわと。でも、だんだん自信を持ってすべりはじめた。わたしは、女の子のこまかな動作のひとつひとつを目で追った。

その優雅《ゆうが》さに見とれていた。

気まぐれに弧《こ》を描《えが》いたり回ったりする様子を見守っていた。

いつしか、わたしはほほえんでいた。

女の子は外側へカーブをくるりと描《えが》いてもどってきて、またカーブをくるりと描《えが》いてもどってきたかと思うと、すっと後ろに下がった。氷の上に数字の8を刻《きざ》んだのだ。

無限大《むげんだい》の記号。∞

わたしは腕時計《うでどけい》に目をやった。ママが帰ってくるまで、あと二時間ぐらいはあるはずだ。湖に行くだけの時間はある。

あの不思議な女の子に会えるかもしれない。

あの子と仲良くなれるかもしれない。

スマホのバッテリー残量を確《たし》かめた。フル充電《じゅうでん》されている。寒いとバッテリーはあまりあてにならないけど、これならだいじょうぶそう。気温が氷点下になると、急に電源《でんげん》が切れちゃうことがある。だけど、湖に行くならスマホが使えないと困《こま》る。電話をかけたいわけじゃないし、かかってくるわけでもない。明かりの問題だ。スマホの懐中《かいちゅう》電灯機能《きのう》を使いたいから。

森は暗い。湖は危険《きけん》だ。これまで、暗くなってからひとりであそこに行ったことはない。

スケート靴《ぐつ》とゆったりしたコート、レインコートをつかみ、エレベーターで下に降《お》りると、わたしは外の闇《やみ》へと出ていった。


わたしは氷の上をすべっていった。そして、あの島にやってきた。

わたしが見た女の子の気配はない。

島そのものが、からっぽのようだ。葉っぱの落ちた木々には、一羽《わ》のカラスもとまっていない。カラスは、いつでもいるはずなのに。

あの子は、わたしの空想の産物？

ちょっとすべっていくと、足下《あしもと》に証拠《しょうこ》が見つかった。氷の上に、削《けず》られたばかりの引っかき跡《あと》が残っている。スマホのライトをつけると、あった――無限大《むげんだい》の記号が。

空想なんかじゃなかった。

暗闇《くらやみ》から、氷の上をすべる音がきこえてきた。冷たい空気のなかでかん高く響《ひび》く、風のような、ホイッスルのような音。どの方角からきこえてくるのか、まったくわからない。

やがて、すべっている人が見えた。

その人は、暗がりから出てきた。

女の子。

あの子だ。

15

女の子は、わたしのほうに近づいてくると、スピードをゆるめて足を止めた。

氷の上で十メートルほど離《はな》れて立ち、わたしをまっすぐ見つめている。

その顔には、なんとも言えない表情《ひょうじょう》が浮《う》かんでいた。わたしを見ているようで、見ていないようでもある。わたしがだれなのか、なんなのか、あるいは本当にそこにいるのかさえ、わかっていないみたいだ。

「こんにちは」わたしは声をかけた。

向こうはだまっている。遠くでなにかきこえたけど、音の出どころがわからない、というみたいに、頭をすこし横に向けただけだ。

「ねえ。だいじょうぶ？　寒くない？」

女の子は、やっぱり返事をしない。

わたしが一歩前へ踏《ふ》み出《だ》すと、相手は一歩あとずさった。

「そこにいるのはだれ？」いきなり女の子は言った。「なにか見えた気がするけど。そこにだれかいるの？」

「ここにいるよ。目が見えないの？　わたしが見えない？」

こっちがもう一歩前に出ると、向こうもさっと一歩さがった。

「そこを動かないで」と女の子は言った。

「わかった。ここから動かずにいる」

わたしはその場にとどまり、待っていた。

すこしすると、向こうから近づいてきて、わたしのまわりをすべった。わたしが円の中心で、女の子が円周みたいに。そしてターンすると、すぐ前で止まって、わたしの目をまっすぐのぞきこんできた。

その視線《しせん》は、わたしを素通《すどお》りしている。

わたしが見えていないんだ。

でも、確《たし》かになにかを感じ取っている。

まちがいなく、わたしの存在《そんざい》に気づいている。

「わたしはここにいるよ。名前はカーラ。目の前にいる」

手をのばして女の子に触《ふ》れて、わたしが現実《げんじつ》に存在《そんざい》することを知らせたかった。だけど、また怖《こわ》がらせて遠ざけたくもない。

「そこにいるんでしょ？」女の子は、わたしの目をまっすぐ見つめながら言った。「すぐそこに」

「うん。ここにいる」

すると、女の子は片手《かたて》を差し出した。その手は、わたしの顔の二、三センチ手前で止まった。冷たい空気のなかで、わたしの息がつくる雲が、女の子の指のあいだをすりぬけていく。

「なんだか暖《あたた》かい。暖《あたた》かさを感じる」女の子は決して触《ふ》れることなく、わたしの顔の前や頭の上に手を動かしていき、髪《かみ》の上をさっと撫《な》でるようにして、そのまま手をさまよわせた。

空中にわたしの絵を描《えが》こうとしているみたいだ。

輪郭《りんかく》をなぞって。

雪像《せつぞう》をつくっているみたい。

「あなたはそこにいる」女の子はきっぱり言った。納得《なっとく》してもらえたんだ。

「ここにいるよ」

わたしも相手を観察していた。黒い鉛筆《えんぴつ》で引いた線のような眉《まゆ》。つやのある黒髪《くろかみ》のゆるやかなうねり。こげ茶色の目。わたしをまっすぐ見つめている目。

「あなたは幽霊《ゆうれい》？　それとも、妖精《ようせい》とか？」

「普通《ふつう》の人間だけど」わたしは答えたけど、相手にはきこえないとわかっていた。

「あなたが幽霊《ゆうれい》や妖精《ようせい》だとしたら、どこから来たの？　なんでここにいるの？　どうしていま、わたしたちのところに来たの？　わたしになにを伝えたいの？」

「伝えることはなにもないよ。あなたにとって、わたしがなんになるのかもわからない。ただ――もしかしたら――友だちになれるかも。あなたにも友だちが必要かもしれないし」

女の子にはわたしの話がきこえないようだけど、きこえるみたいに返事をした。

「あなたはここにいる。大事なのは、そのこと」

「わたしはここにいる。友だちだよ」

女の子は背《せ》を向けてすべり出し、わたしから遠ざかっていったけど、円を描《えが》いてまたもどってきた。そして、わたしの一メートルほど先で止まった。

「いま、わたしには友だちが必要なの」女の子は、そう言った。

女の子には、わたしの声はきこえていなかった。だから、ひとりごとみたいに言っているだけだ。すぐそばになにかが存在《そんざい》することしか、わかっていない。死者とか、得体《えたい》の知れないなにかが。わたしには相手の声がきこえることも、姿《すがた》が見えることも、女の子は知らない。わたしという存在《そんざい》がよいものなのか悪いものなのかさえ、知る由《よし》もなかった。

女の子は、そのとき思ったことや感じたことを口にしているだけだ。

女の子は星を見上げた。

「今夜は星が出てる。すごくきれいね。すごく冷たい」

「ときどき、わたしは星と同じぐらい孤独《こどく》になる」わたしは言った。

「わたしはさびしすぎて、勝手に空想の友だちをつくってる」女の子はため息まじりに、ひとりごとを言った。「それに、あまりに寒くてつかれてるせいで、まぼろしを見てる……冷たい空気のなかの、だれかの息を……氷に刻《きざ》まれたスケート靴《ぐつ》の跡《あと》を」

女の子はふり返り、わたしをまっすぐ見た。「でも、もしもあなたが現実《げんじつ》にいたら?」

それから、わたしのところまですべってきて、ぴたりと止まった。ボロボロのミトンをはずし、握手《あくしゅ》しようと手を差し出す。

「わたし、レベッカよ」

レベッカ。

わたしも手袋《てぶくろ》をはずした。

そして片手《かたて》を差し出した。

いまにも手と手が触《ふ》れ合《あ》おうとした。けれど、触《ふ》れ合《あ》わなかった。

なにかが起きたのだ。

森のなかで犬が吠《ほ》えた。

その声は氷をわたってわたしたちのところまで届《とど》き、レベッカはさっと手を引っこめると、ふり向いて岸を見つめ、耳を澄《す》ました。

「犬だ」レベッカは言った。

森のなかから、吠《ほ》える声がきこえてきた。うっそうとした森の小道で二頭の犬が出会い、互《たが》いに向かって吠《ほ》えている。

「あいつらが来る」レベッカはわたしを見た。「ここにいちゃだめ。今夜も、いつの夜も。あなたがだれだとしても。行って！」

レベッカは島へ引き返していく。

「待って」わたしは呼《よ》びかけた。「待って、なにも怖《こわ》がることなんかないよ。犬を散歩させてるだけだから」

わたしは岸のほうを見わたした。見えるのは、森の暗闇《くらやみ》だけだ。犬も人も見当たらない。

ふり返ったとき、レベッカはもういなかった。

16

わたしは湖の対岸にわたたって、ホットドッグの売店を通る遠いほうの道から家に帰った。売店の上や、そこらじゅうの木々に、クリスマスの電飾《でんしょく》が吊《つ》るしてある。なんだか洞穴《ほらあな》のような雰囲気《ふんいき》で、あたり一帯が魔法《まほう》にかけられているみたい。

カウンターの奥《おく》にアブドゥルがいて、わたしはあいさつすると、ヴィーガン・ホットドッグを注文した。

「ねえ」アブドゥルにたずねた。「女の子を見なかった？　わたしと同い年ぐらいの。髪《かみ》はその子のほうが長いけど、わたしみたいな黒髪《くろかみ》で。スケートしてた子。赤いスケート靴《ぐつ》を履《は》いて」

アブドゥルは首をふった。

「ここにいたの。湖の上に」

「いや。きみがいるのは見えたけどどね」アブドゥルは、ケチャップとマスタードで波のような曲線を描《えが》いたホットドッグをわたしてくれた。「でも、きみはひとりだった」


わたしはひとりだった。アブドゥルはレベッカを見なかった。

ひと晩《ばん》じゅう、そのことを考えていた。ママには話さなかった。なぜかわからないけど、レベッカのことをだまっていた。なにが起きているのか、自分でつきとめたかったからだと思う。なにか不思議なことが起きていて、それがなんなのか理《り》解《かい》したかった。だれかに教えてもらうんじゃなく、自分で知りたかった。


レベッカという名前について、インターネットで調べた。あの不思議な女の子について、わかっているのは名前だけで、どういう意味があるのか知りたかった。

レベッカ。

それは古いヘブライ語で、〝つなぐこと〟や〝結びつけること〟を意味する。

いっしょになること。物事を結びつけること。

つながること。

けれど、〝罠《わな》にかけること〟という意味もあった。

17

暗闇《くらやみ》に雪が降《ふ》っていた。わたしは眠《ねむ》り、夢《ゆめ》を見たけど、目覚めたときにはどんな夢《ゆめ》だったのか思い出せなかった。

ママはもう出勤《しゅっきん》していた。

どういうわけか、今日はそんなにさびしくなかった。

ゆうべ氷の上で会った女の子のことを考えていた。

わたしは明るくなるのを待った。それから冬物の厚《あつ》い服を着て、バックパックにスケート靴《ぐつ》を入れると、レベッカをさがしに出かけた。

あたり一面に雪が降《ふ》っている。

〝バイキングの階段《かいだん》〟を下り、ラーズがいないか警戒《けいかい》しながら、新しいアパートのあいだを通りぬけていく。ラーズと仲間たちの気配はなく、わたしはそのまま草木の生《お》い茂《しげ》った森までくだっていき、木々のトンネルをくぐりぬけた。

森には、踏《ふ》み分《わ》けられた道も足跡《あしあと》もなかった。ひと晩《ばん》じゅう降《ふ》りつづけた雪が、すべてをかき消したのだ。それでも、自分がどこにいるのか、だいたいのところはわかった。ここにある木々のことなら、よく知っているから。

レベッカがたきぎを集めていた空き地に来ると、わたしは立ち止まった。両手で口のまわりを囲《かこ》んで、大声で叫《さけ》ぶ。

「こんにちは！」

そして、

「レベッカ！」

それから、声のかぎり叫《さけ》んだ。

「**こんにちは！**」

返事はない。

わたしは湖へと歩き出したけど、いつもならあるはずの場所に、湖はなかった。森がさらに広がり、木々があるだけだ。

きっと、曲がるところをまちがえたんだ。回れ右をして、雪についた自分の足跡《あしあと》をたどって引き返す。じきに、見おぼえのある場所に出るはずだ。

この森のことなら、よく知っているんだから。

そう思っていたのに。

すべてがちがって見える。

わたしは足を止めた。

ここは、わたしのいる場所じゃない。どこかべつの場所だ。

下を向くと、地面にふた組の足跡《あしあと》が見えた。わたし自身のものと、べつの子のもの。もうひとりの子のブーツは、わたしと同じサイズらしい。どっちがどっちの足跡《あしあと》なのかも、どっちへ行けばいいのかも、わからない。

わたしは進みつづけた。歩くほどに、木々が密集《みっしゅう》してくる。空にある厚《あつ》い雲のせいで、太陽がどこにあるのかわからず、どっちが湖に向かう北の方角で、どっちが家に向かう南の方角なのか、判断《はんだん》できない。

道に迷《まよ》っていた。

わたしは歌い出した。自分の声をきくためだけに。声。だれの声でもいい。歌っていれば、なにも問題はないことになって、道に迷《まよ》ってもいないことになる。すぐに道を見つけるか、街灯が見えてくるか、見おぼえのあるねじれた奇妙《きみょう》な老木があらわれるはず。

わたしは森のなかを進みつづけた。

そのうち、なにかの建物が見えてきた。中庭を囲《かこ》むようにして、三棟《とう》の建物が立っている。壁《かべ》は黄色く塗《ぬ》られていて、とても古くてヨーロッパっぽい見た目だ。一階も二階も、ほとんどの窓《まど》は木製《もくせい》のよろい戸が閉《し》められていた。つもった雪の下からのぞく中庭は、丸石が敷《し》き詰《つ》められている。

農場の家だ、とわたしは思った。いままで見たことがなかったし、こんなところにあるのも知らなかった。私有地《しゆうち》に入りこんじゃったのかな。

そのとき、音楽がきこえてきた。

だれかがピアノを弾《ひ》いている。

わたしは音をたどり、開いた戸口から家のなかに入った。暗く短い廊下《ろうか》をぬけると、大きな部屋に通じていた。建物の奥《おく》から光が射《さ》しこんでいる。空中にはほこりが漂《ただよ》い、部屋のなかはがらんとしていた。まるで住人が引《ひ》っ越《こ》してしまって、この家はだれからも世話をされずに放置されているみたいだ。どこもかしこも朽《く》ちかけている。雨もりする部屋の湿気《しっけ》、くさった床板《ゆかいた》、壁《かべ》のなかのどこかに巣をつくっている動物のにおい。

ピアノの音はとなりの部屋からきこえていて、わたしはそっちへ向かった。

そこには、レベッカがいた。わたしに背《せ》を向けている。部屋の片隅《かたすみ》に置かれた、使い古されて傷《いた》んだアップライトピアノの前にすわり、暗譜《あんぷ》で弾《ひ》いている。

わたしはなにも言わなかった。じゃまをしたくなかった。

この寒さなのに、レベッカは手袋《てぶくろ》をはずしていた。その手は、鍵盤《けんばん》の上を軽《かろ》やかに動いた。すわっている椅子《いす》は自作したものらしく、ちょうどいい高さになるまで古いレンガを積み重ねてある。ピアノ自体は調律《ちょうりつ》がくるっていて、いくつか鍵盤《けんばん》もなくなっているけど、どういうわけかレベッカはうまく弾《ひ》いていた。ピアノのメロディーが部屋に響《ひび》きわたっている。

わたしの知らない曲だった。初めてきくけど、きれいな曲。その音色はまわりの空気を満たし、レベッカの心のなかで奏《かな》でられている音楽が、そのまま表現《ひょうげん》されている気がした。

部屋に一歩入ると、足の下で床板《ゆかいた》がきしんだ。

レベッカは弾《ひ》くのをやめた。ふり返り、こっちをまっすぐ見る。

「こんにちは」わたしは声をかけた。

返事はなかった。レベッカにはわたしが見えていない。レベッカはまたピアノのほうを向き、つづきを弾《ひ》きはじめたけど、今度は単調で耳ざわりな音になった。

レベッカはいらだち、首をふっている。

「ごめん」きこえないと知りながらも、わたしはあやまった。

その瞬間《しゅんかん》、地面がぐらっときた。

建物が震《ふる》えているみたいだ。

レベッカの指は鍵盤《けんばん》の上で止まっている。

レベッカはなにかを待ちかまえていた。なにかに耳をかたむけていた。

垂木《たるき》と、ペンキの塗《ぬ》られた壁《かべ》のひび割《わ》れから、ほこりが舞《ま》い落《お》ちる。

レベッカは天井《てんじょう》を見た。

地震《じしん》？　ちがう。

エンジンの音がした。低くて力強いエンジン音が近づいてきて、どんどん大きくなっていく。建物が振動《しんどう》しはじめた。わたしの後ろで、蝶番《ちょうつがい》をきしらせてドアが開いた。二階のどこかで窓《まど》ガラスが割《わ》れた。

レベッカはすばやく動き、ピアノと壁《かべ》のあいだのせまいすきまにすべりこむと、かくれようとするみたいに体をうんと縮《ちぢ》こまらせた。

ピアノのなかの弦《げん》が三本、次々と切れていく。

「レベッカ。これはなんなの？　なにが起きてるの？」

レベッカはきいていなかった。わたしを見てさえいなかった。レンガでつくった小さな椅子《いす》を見つめている。わたしもそっちを見ると、椅子《いす》はぐらぐら揺《ゆ》れて、積み重ねてあったレンガが崩《くず》れて地面にころげ落ちた。

そのとき、あのエンジン音をさせた車が、窓《まど》の前を横切った。

戦車だ。古い映画《えいが》に出てくるような、本物の戦車。ただし、映画《えいが》のなかのものより大きく、これまでにきいたことがあるどんなエンジン音よりも騒々《そうぞう》しい。戦車はガタガタと音をたてながら、この家の窓《まど》のすぐ前にある道路を通りすぎていく。ここから見えるのはタイヤだけだ。戦車は地面を揺《ゆ》らすほどパワフルで、わたしはパニックになった。屋根が崩《くず》れ落《お》ちてきちゃう。そう思って、回れ右をして廊下《ろうか》を走り、玄関《げんかん》から中庭へ飛び出した。

二階の窓《まど》ガラスが割《わ》れた。黄色い石壁《いしかべ》が紙のように剥《は》がれ落《お》ちてくる。

わたしは走り、ぬれた石畳《いしだたみ》で足をすべらせて、顔から雪のなかに倒《たお》れこんだ。

静寂《せいじゃく》。

しばらくそのまま横たわっていた。

顔が冷たい。

わたしは目をあけた。

自然のままの森の静けさにつつまれながら、わたしは雪の吹《ふ》きだまりに倒《たお》れていた。ガタガタという戦車の低い振動音《しんどうおん》に耳を澄《す》ましたけど、なんの音もきこえない。きこえるのは、溶《と》けた雪がどこかでポタポタとしたたる静かな音だけだ。

まわりにはだれもいない。

戦車もない。中庭もない。あの家もない。

見おぼえのある木々が立っている。わたしは、草木の生《お》い茂《しげ》ったあの森のなかにいた。

あおむけになり、雪をかぶった枝《えだ》のあいだから空を見上げる。

「レベッカ!」わたしは呼《よ》びかけた。

「レベッカ!」

わたしにはレベッカが見えるのに、どうして向こうにはわたしが見えないんだろう?

その理由が知りたくて、帰り道はずっとそのことを考えていた。

18

こっちから向こうは見えても、向こうからこっちは見えない、とおじいちゃんは星について話していた。

こっちは存在《そんざい》していない。まだ生まれてないってことだ。

レベッカ。

レベッカにも同じことが言える。

時間と空間をふり返っているから、わたしにはレベッカが見える。でも、向こうの世界にわたしは存在《そんざい》しない。まだ。わたしは生まれていないから、レベッカには見えないんだ。

レベッカは、べつの時間を生きている。

これだけは、はっきり言える。レベッカは、戦車のある世界に生きている。生きのびるために身をかくさなきゃならない世界に生きている。恐怖《きょうふ》と寒さの世界に生きている。

わたしが雪のなかに見つけた、あのコインの世界に生きている。

危険《きけん》、飢《う》え、戦争のある世界。

そんな世界に生きているのなら……

レベッカを助けなきゃ。

助けるつもりなら、わたしの姿《すがた》が向こうにも見えるようにしないと。

でも、どうやって？

もしかしたら、とわたしは考えた。手をのばせばいいのかも。

触《ふ》れ合《あ》えばいいのかも。

宇宙《うちゅう》を超《こ》えて、握手《あくしゅ》を交《か》わせばいいのかもしれない。


その夜、闇《やみ》が降《お》りると、わたしは望遠鏡で湖をのぞいた。

レベッカがたきぎを集めながら、森のなかの小道を通りぬけていくのが見えた。

そのタイミングでわたしはコートをはおり、寒さのなかへと出ていった。

木々の茂《しげ》るあの森のなかに、痕跡《こんせき》を見つけた。レベッカの足跡《あしあと》を。森の奥《おく》までたどっていくと、向こうのほうにレベッカの姿《すがた》が見えた。いつものようにひとりで、地面に落ちた木切れを拾い上げている。

わたしは立ち止まり、木の陰《かげ》からレベッカを見つめていた。厚地《あつじ》のロングコートのポケットは、小枝《こえだ》でパンパンになっている。枝《えだ》の束を小脇《こわき》にかかえたレベッカは、なんだか野性的《やせいてき》に見えた。ちょっとだけ、かかしっぽい。

「レベッカ」わたしは、そっと声をかけた。

反応《はんのう》はない。

「レベッカ」今度はもっと大きな声ではっきり呼《よ》びかけたけど、それでも反応《はんのう》はない。

わたしの背後《はいご》にある木から、一羽《わ》のカラスが飛び立った。すると、レベッカはふり向いて、わたしとその先の空を見た。カラスが羽《は》ばたく音はきこえたらしい。わたしの声はきこえていない。わたしの姿《すがた》は見えていない。

でも、わたしにはやるべきことがわかっていた。

レベッカにさわらなきゃ。

わたしは木の後ろから出ていくと、レベッカのほうへ歩いていった。雪を踏《ふ》むブーツが、ザクザク音をたてる。レベッカは息をのみ、わたしは足を止めた。

レベッカは、わたしの足の下の地面を見つめている。

やっぱり、わたしの姿《すがた》は見えないんだ。

でも、わたしの足跡《あしあと》は見えている。

雪の上に魔法《まほう》のようにあらわれた足跡《あしあと》だけ。レベッカにとっては、目の前に透明《とうめい》人間が立っているみたいなものだろう。

「そこにいるのは、だれ？」レベッカは言った。「そこにだれかいるの？」

わたしは、もう一歩近づいた。雪にブーツの新たな足跡《あしあと》がつくと、レベッカは手で口元を覆《おお》って、かかえていた枝《えだ》の束を地面に取り落とした。

「待って、お願い。だれだか知らないけど、それ以上は近づかないで！」レベッカは言った。

「怖《こわ》がらないで」言ってもむだだった。どうすることもできない。レベッカに触《ふ》れるためには、近づく必要がある。手を取って、わたしの姿《すがた》を見せるには。なのに、この雪のなかで、あと一歩近づくことができずにいる。近づけば、逃《に》げられてしまうだろうから。

レベッカはおびえているから。

わたしが相手の立場でも、きっと逃《に》げるだろう。きっとおびえるだろう。

それでも、レベッカはまっすぐわたしを見ていた。逃《に》げずにいた。いまはまだ。

「空中にあなたの息が見える」とレベッカは言った。

そう。わたしの温かい息が、冷たい空気のなかで白くなっている。レベッカの息も白かった。

「昨日、ここにいたでしょう。湖に」

そう言って、レベッカは雪の上を一歩わたしに近づいてきた。

「あなたは何者？　信用できる相手だって、どうしてわかる？」

わたしは困《こま》ってしまった。どう答えればいいんだろう？　ふと、あることを思いついた。

わたしは雪の上におしりをつけて、すわりこんだ。

そしてあおむけに寝《ね》そべり、せいいっぱい両手を広げて、まわりにある雪を払《はら》いのけた。

スノーエンジェルをつくったのだ。レベッカにはなにが見えているのか、はっきりわかった。幽霊《ゆうれい》がつくったみたいに、雪のなかに奇跡的《きせきてき》にあらわれたスノーエンジェル。

わたしがつくり終えたとき、レベッカはどうしたかって？

拍手《はくしゅ》をした。わたしがとても見事なことをやってのけたというように、ゆったりとした拍手《はくしゅ》を。

「ブラボー！」レベッカは声をあげた。「ブラボー。あなたは信用できる相手だってことね。

あなたは友だち」

わたしは立ち上がり、服から雪を払《はら》い落《お》とした。それから、ゆっくり近づいていく。レベッカは、わたしの足の下にあらわれる足跡《あしあと》を見つめていた。

わたしたちは、正面から向き合った。

それぞれの肺《はい》から吐《は》き出《だ》された息が、目の前を漂《ただよ》っている。

レベッカが先に動いた。

手袋《てぶくろ》をはずし、むき出しの手を差し出してくる。

わたしも手袋《てぶくろ》をはずし、手をのばしてレベッカの手を取った。

肌《はだ》が触《ふ》れ合《あ》う。

レベッカはハッと息をのんだ。

「これがあなたの姿《すがた》なのね」

「わたしが見える？」

「あなたが見える」

「わたし、カーラ」

レベッカはうなずいた。

「友だちだよ」とわたしは言った。「寒いでしょ。手が冷たくなってる」

「あなたの手は温かい」

「レベッカ、わたしにできることはない？　力になれることは、なにかない？」

レベッカはわたしの手をはなした。その目に疑《うたが》いの色がちらりとよぎった。どの程度《ていど》まで明かしたものか、自分の身の上をどこまで話したものか、迷《まよ》っているみたいだ。わたしがだれの味方か、迷《まよ》っているみたい。それとも、ばつが悪かっただけなのかもしれない。

レベッカはわたしから顔をそむけた。

「お腹《なか》がすいてるの」そう言うと、湖へもどろうと歩きはじめた。「お腹《なか》がすいてるし、寒いし、三日間食べてない」

「お腹《なか》がすいてるの？」置いていかれないよう急いでついていきながら、きき返す。自分の耳が信じられなかった。「食べてないって、三日間も？」

「そう」

「知らなかった。ごめんね、その……わたし――」

「すこしでもパンがあるといいんだけど。なんでもいいの」

「待って」わたしが言うと、レベッカは待った。

「いっしょに来て」

手をつかんで、岸のほうへ連れていこうとした。湖の五百メートル先にある売店は営業《えいぎょう》中だ。

「いや」レベッカはことわった。「いや」

「来て。食べ物をあげるから」

レベッカは動こうとしない。体重をかけて、わたしを引っぱり返している。

「いや」とくり返すばかりだ。

わたしは手をはなした。

「ごめん」とあやまる。

レベッカはうなずいた。「わたしのこと、だれにも見られるわけにはいかないの。だれにも知られるわけにはいかない。わたしはここにいないんだから。わかった？　わたしのこと、だれにも話しちゃだめだよ」

「なにか問題をかかえてるの？」

レベッカは顔をそむけてから答えた。

「わたしがどんな問題をかかえてるか、あなたには想像《そうぞう》もできないはず」

「わかった。わかった、ごめん」

そのあと、わたしは言った。「待ってて。もどってくるから」

わたしは岸に下りていった。この湖は、ここの幅《はば》がいちばんせまくなっている。わたしはスケート靴《ぐつ》を履《は》いて、氷の上をわたっていった。売店が見えてきた。虹色《にじいろ》の電飾《でんしょく》が点々と輝《かがや》き、ガラスのような湖面にぼんやりと反射《はんしゃ》している。

カウンターでアブドゥルに声をかけられた。「また来たのか？　きみは寒くて暗いのが好きなんだな」

「パンがほしいんだけど」

アブドゥルは眉《まゆ》を上げた。年寄《としよ》りなのに、眉毛《まゆげ》はいまも黒くてふさふさだ。「パンか。パンはメニューにないんだが。ホットドッグ、ハンバーガーならある。ヴィーガン・ホットドッグやヴィーガン・ハンバーガーも」

「パンだけでいいの」

「パンだけ」アブドゥルは、ホットドッグ用のパンの袋《ふくろ》をカウンターにのせた。「いくつほしい？」

「それをぜんぶ」

「ひと袋《ふくろ》、丸々？」

わたしはうなずき、ポケットのお金をさぐった。

「あとフライドポテトも――ふたつ。それとケチャップも――小袋《こぶくろ》を四つ」

ほとんどが小銭《こぜに》だけど、ありったけのお金をカウンターいっぱいに広げた。


スマホのライトをたよりに、紙袋《かみぶくろ》に入ったポテトとパンをかかえながら、急いで湖をわたって引き返した。

レベッカを残してきた岸にもどったのに、どこにも姿《すがた》がない。わたしはすべって島のほうへもどった。前にレベッカが氷の上に刻《きざ》みつけた数字の8を通りすぎた。

「レベッカ！」

島の岸まですべっていく。

「レベッカ！」

今度は、どこか近くから、ひどく小さな声がきこえてきた。

「その明かりを消して」レベッカだ。

わたしは止まった。「どうして？」

「いいから消して。お願い」

「わかった」わたしはスマホのライトを消した。

するとレベッカが姿《すがた》を見せた。「こっち」

氷のふちに立つ二本の大きな老木のあいだに、レベッカはかくれていた。曲がった木の幹《みき》の片方《かたほう》に腰《こし》かけている。ほんとは、どちらも同じ木の幹《みき》なんだけど。二本に見える木は、じつは一本なのだから。一本の巨大《きょだい》な木が、同じ根からふたつべつべつの方向にのびているのだ。

「あそこに、だれかいるのが見えた気がして」レベッカはわたしの向こう、さえぎるもののない湖を見つめている。「だれかべつの人が。氷の上に」

「だれも見なかったけど」

わたしは食べ物の入った袋《ふくろ》を差し出した。「はい、これ」

レベッカは袋《ふくろ》に目をやると、受け取ってあけた。開いた袋《ふくろ》に鼻を入れ、においをかぐ。

それから手を入れると、ひとつかみのポテトを取り出した。

そして、食べはじめた。勢《いきお》いよく。がつがつと。

わたしに言ったとおり、レベッカはお腹《なか》をすかせていた。

飢《う》えていた。

見ていられなかった。目をそらさずにいられなかった。

すこしして、レベッカはきいた。「これはなに?」見ると、袋《ふくろ》の底からケチャップの小袋《こぶくろ》をひとつ引っぱり出している。

「ケチャップだよ」

レベッカは小袋《こぶくろ》をあけようとしたけど、あかなかった。

「貸《か》して。中身をぜんぶぶちまけないコツがあるんだ」わたしは小袋《こぶくろ》を受け取り、片方《かたほう》の端《はし》にある小さな切り口を見つけて、慎重《しんちょう》に切ってあけた。

袋《ふくろ》を返すと、レベッカはそれをかたむけて、ケチャップを直接《ちょくせつ》口に垂《た》らした。

目を閉《と》じて、おいしそうに味わっている。

「ほんとにケチャップだ」息をもらした。「ケチャップ、大好きなの」

レベッカは、袋《ふくろ》の底にもうひと袋《ふくろ》ケチャップを見つけた。わたしが封《ふう》を切ってあげると、今度はフライドポテトにまんべんなくかけた。

「たぶん戦争が始まる前から、ケチャップの瓶《びん》は見なくなってた。少なくとも、そのころからひとつも見かけた記憶《きおく》はないわ。見ればおぼえてるだろうし」

戦争が始まる前から。

血が凍《こお》るようにゾッとした。やっぱり、レベッカはべつの時代から来たんだ。

ふと、あの農場の家と、ピアノを弾《ひ》いていたレベッカを思い出した。

あの戦車を思い出した。

わたしはどこにいたの？

いつあそこに行ったの？

レベッカは、まっすぐわたしを見つめている。

「もっとある？」レベッカがたずねた。

「ケチャップのこと？」

「ううん、食べ物」

「あるよ」とわたしは答えた。

湖をわたった先のどこか遠くから、時間を知らせる教会の鐘《かね》の音《ね》がきこえてきた。家に帰らなきゃ。どこにいるのかと、ママが心配するだろう。

「明日また持ってくるね」

「じゃあ、ここで。ここに来るから。同じ時間に」レベッカは言った。

「うん。同じ時間に」

「あと、忘《わす》れないで。わたしのこと、だれにも話さないでよ」

わたしはうなずいた。

「約束して」レベッカは、まっすぐな目で見つめている。

「わかった。約束する。だれにも話さない」

レベッカは立ち上がった。まだぜんぶは食べていない。パンの袋《ふくろ》を持っている。あとで食べるのに取っておくんだろう。

「じゃあ、また明日。おやすみ、カーラ」

そう言うと、レベッカは行ってしまった。

わたしはひとりになった。

「おやすみ、レベッカ」夜の闇《やみ》に向かって、わたしはささやいた。

19

わたしはバスに乗って、おじいちゃんの家へ向かった。おじいちゃんの家は、ストックホルム郊外《こうがい》の村にある、スウェーデン様式の古い家だ。ママが子どものころ住んでいた家。バスで一時間かかり、そこからさらに凍《こお》った道を五百メートル歩かなければならない。

一九二〇年代にべつの家族によって建てられた家だけど、おじいちゃんとおばあちゃんにとっては、一九七〇年代の初めに子どもが生まれたとき、はじめて買ったマイホームだ。外装《がいそう》はすべて木製《もくせい》で、赤というか赤褐色《せきかっしょく》に塗《ぬ》られていて、同じ様式でつくられた木製《もくせい》の柵《さく》とドアと窓《まど》とポーチの木造部《もくぞうぶ》に、凝《こ》った装飾《そうしょく》がほどこされている。表には小さな庭があるけれど、いまは雪に埋《う》もれていた。

木々の葉はすっかり落ちている。わたしは門をあけ、小道を進んでいった。金属製《きんぞくせい》のノッカーで玄関《げんかん》のドアをたたいた。腕時計《うでどけい》にちらりと目をやって、じっと待つ。二分以内に玄関《げんかん》に出てこなければ勝手に入ってきなさい、外が寒ければもっと早くていいから、とおじいちゃんはいつも言っている。

今日は、一分待ってからポケットの鍵《かぎ》をさぐった。去年、わたしはおじいちゃんからこの古い家の鍵《かぎ》をもらって、自分だけの鍵《かぎ》を大切にしている。最近ではめったに見ないような古い鍵《かぎ》だからというのもあるけれど、なんといってもこの古い家が大好きだから。

この家には、かくれた場所や奥《おく》まったスペース、奇妙《きみょう》で不思議な空間がいっぱいあって、おどろきの宝庫《ほうこ》だ。小さかったころは、探検《たんけん》してもし尽《つ》くせないほどだった。いまではこの家の広さが把握《はあく》できていると思うけど、大好きなことにかわりはない。

わたしは鍵《かぎ》をあけ、家のなかに入った。

なかは静かだった。暗くて、クリスマスの残り物のシナモンとサフランの香りがする。壁《かべ》の古い木材は、何度もくり返しペンキが塗《ぬ》りなおされている。

おじいちゃんはもうクリスマスの飾《かざ》りを片《かた》づけたんだ、とわたしは気づいた。ずいぶん早い。十二夜［十二月二十五日の十二日後の一月六日の夜のことで、クリスマス祝いの最終日。この日にクリスマス飾［かざ］りをはずすことになっている］までは、まだあと二日あるのに。

「おじいちゃん？」わたしは呼《よ》びかけた。「おじいちゃん！」

返事はない。家のなかを歩いてキッチンに入り、裏口《うらぐち》から庭に出た。

まぶしい陽射《ひざ》しが、雪に降《ふ》り注《そそ》いでいる。

庭をずっと行くと、凍《こお》った湖がある。水辺には、木でできた短い桟橋《さんばし》の一種、小型船《こがたせん》をつないでおく突堤《とってい》がある。突堤《とってい》は氷の上を五メートルほど先までのびている。

湖岸のさらに向こうには、おじいちゃんのサマーハウス［湖畔〔こはん〕や海辺など自然のなかにある、北欧〔ほくおう〕の人々が夏を過〔す〕ごすための家］がある。母屋《おもや》よりずっと小さな家だけど、赤くて、木造《もくぞう》部が凝《こ》った飾《かざ》り細工で加工されていて、母屋《おもや》と同じ様式で建てられている。夏だけじゃなく、一年を通して使えるよう、おじいちゃんはその家をリフォームした。

サマーハウスへ向かうおじいちゃんの足跡《あしあと》を見つけたけど、もどってくる足跡《あしあと》もあったので、いまはあそこにはいないらしい。

わたしは母屋《おもや》に引き返した。


「おじいちゃん？」

今度は、家のなかのどこか高いところから、返事があった。

「呼《よ》んだかね？」

わたしは階段《かいだん》の下に行った。「わたしだけど」

「上にいるよ」おじいちゃんは答えた。

わたしは階段《かいだん》をのぼった。踏《ふ》み板《いた》をギシギシいわせながら上までのぼりきると、子どものころのママの部屋だった小さな寝室《しんしつ》を通りすぎて、屋根裏《やねうら》の開いた扉《とびら》に寄《よ》せてある脚立《きゃたつ》のところまで進んだ。

「この上にいるの?」

「ああ」おじいちゃんが上から顔を出した。「上がっておいで。ただし、ママには内緒《ないしょ》だぞ」

おじいちゃんは片《かた》づけをしていた。ママから禁止《きんし》されているのに。おじいちゃんは八十六歳《さい》でひとり暮《ぐ》らし。片《かた》づけを禁止《きんし》したときにママが考えていたのは、まさに脚立《きゃたつ》とかのことだ。

おじいちゃんがもし落ちても、助けてくれる人はいない。救急車《きゅうきゅうしゃ》を呼《よ》んでくれる人も。でも、いまはわたしがここにいるから、だいじょうぶ。ママにはだまっておくつもり。

わたしは天井《てんじょう》の低い屋根裏《やねうら》部屋にのぼった。

小さな丸窓《まるまど》から光が射《さ》しこんでいる。窓《まど》ガラスも家と同じぐらい古くて、ひどくゆがんでいるから、自分が動くたびに外の世界がぐにゃりと曲がって変化して見えた。

空中をほこりが舞《ま》い踊《おど》り、古い箱やトランクはふたが開かれ、中身があちこちに広げられたり積み上げられたりしている。古い衣類、古い本、古いレコード、さらにほこり、さらに衣類、それに寝袋《ねぶくろ》がわりになりそうなほど厚《あつ》みがある、古びた冬物の青いコート。どこかで見たことのあるコートだ、ママの古い写真のなかで見たのかもしれない。

「これを見てごらん」おじいちゃんが言った。「こんなものを見つけたんだ」

わたしはおじいちゃんに近づいた。おじいちゃんは、木でできた長方形の古い箱を手にしていて、かけられていた三本の革《かわ》ひもをほどいた。つい最近、真鍮製《しんちゅうせい》の小さな蝶番《ちょうつがい》に油を差したばかりだというみたいに、ふたは音もなくなめらかに開いた。

「それ、なあに?」

「レンズだよ」おじいちゃんが中身を覆《おお》っていたやわらかい黒い布《ぬの》を取《と》り払《はら》うと、そこには天体望遠鏡の古いレンズがずらりとならんでいた。それぞれのレンズは直径五センチぐらいで、厚《あつ》さはバラバラだ。

おじいちゃんはレンズを一枚《まい》取り出し、光にかざした。

「ここにあるのは〈ツァイス〉のレンズでな。ドイツ製《せい》だ。こいつは生まれて百年たってるかもしれない。と言っても、レンズは年など取らんのだが。ただのガラスだからな」

わたしはおじいちゃんからレンズを受け取って、大きな片眼鏡《かためがね》みたいに目の高さにかかげてみたけど、見えるのはぼやけた色と光だけだ。

「これは必ず望遠鏡といっしょに保管《ほかん》しておくはずのものなんだが」光の輪郭《りんかく》になったおじいちゃんが言った。「このレンズのことを忘《わす》れていたなんて、信じられんよ。これほど長いこと、ここに置き忘《わす》れていたとは。ほら、こっちを見てごらん」

わたしはレンズをおろして、おじいちゃんを見た。

おじいちゃんは、分厚《ぶあつ》い二枚《まい》のレンズを目にあてていた。巨大《きょだい》な眼鏡《めがね》のようにして。レンズの奥《おく》の目がものすごく大きく見えて、まるでフクロウだ。わたしが笑うと、おじいちゃんはレンズを箱にもどした。

「これからは、おまえのものだよ」

「ほんとに？」

「もちろんだとも。ここにあるもので、ほしいものはなんでも持っていっていいぞ」

「なんでも？」

「なんでも」

「じゃあ、あれがほしいな」

おじいちゃんはふり返り、わたしが指さしているものを見た。あの古い冬物の青いコートだ。

おじいちゃんは歩いていって、コートを手に取った。

「これは、おまえのママが十代のころに着ていたコートだ」コートをまじまじと見つめながら言う。「いくつもの冬の午後や夜、あの子は暗く寒いなかを友だちと出かけていった。いつも帰りが遅《おそ》くて、わしらはいつも心配させられたもんだ。いつもだよ。近ごろでは、どこにいても、スマホで連絡《れんらく》が取れるんだろうがな」

わたしはうなずいた。

「おまえのママは、べつにかまわないはずだ。これはいいコートだよ。どんなに寒い日でも、暖《あたた》かくつつんでくれるだろう」おじいちゃんは口をつぐみ、上から下までわたしを見た。「だが、おまえにはちょっと大きすぎやしないか?」

「大きくなったら、着られるようになるから」

「ああ、そうだな、もちろんそうなるだろう」そう答えるのと同時に、悲しみが顔をよぎった。けれど、おじいちゃんは心のべつのどこからか、ほほえみを呼《よ》び起《お》こした。

「ほら」おじいちゃんはコートをほうって寄《よ》こした。

わたしは受け止めた。コートは重くて、受け取ったはずみでひっくり返って扉《とびら》から転げ落ちそうになったけど、それでも受け止めた。


濃《こ》い色の木でできた一階の古いキッチンで、お昼を食べた。小さな音でラジオを流しながら、スープとロールパン。おじいちゃんとわたしはだまって、ただ食べていた。

キッチンテーブルの木目にひとつ、こぶがあって、気づけばわたしは、食べながらそれをじっと見つめていた。木目の川に囲《かこ》まれた島みたいに見えて、レベッカのことを思った。古い冬物の青いコートは、となりの席に置いてある。もらえてうれしかった。このコートをどうするのかは、もう決めてある。

食事がすむと、わたしが食器を洗《あら》って、おじいちゃんが拭《ふ》いて棚《たな》にしまった。それからおじいちゃんは腕時計《うでどけい》を見ると、ラジオを消して、古いガスこんろでやかんにお湯を沸《わ》かした。

わたしは窓辺《まどべ》に行った。空は晴れている。太陽は低い位置にある。

おじいちゃんは魔法瓶《まほうびん》にコーヒーを入れ、わたしたちはひと言も交《か》わさずに庭に出ていき、雪の上を歩いてサマーハウスへ向かった。

木製《もくせい》の急な階段《かいだん》を上がり、サマーハウスの最上階にある部屋に入った。南向きで風通しがよく、大きな窓《まど》があり、凍《こお》った湖の景色が大きく広がっている。

そこには、わたしがおさがりでもらったものよりずっと大きな望遠鏡も置いてある。おじいちゃんは天井《てんじょう》に新しく窓《まど》までつけて、そこから望遠鏡で空をのぞけるようにしていた。

おじいちゃんは魔法瓶《まほうびん》からカップにコーヒーを注ぎ、ちびちび飲みながら暗くなるのを待った。わたしはキッチンからりんごをひとつ持ってきていたけど、ポケットのなかに入れたまま、あとで食べるために取っておいた。

わたしたちは話をしなかった。

話さなきゃいけないことがあるんだとわかっていたのに、沈黙《ちんもく》がつづいていた。

おじいちゃんの健康のこと。だけど、おじいちゃんは話せなかった。

レベッカのこと。だけど、わたしは話せなかった。

わたしたちは、昔のことなら話すことができた。

わたしは戦争のことをおじいちゃんにたずねた。第二次世界大戦中、なにがあったのかを。

「わしは子どもだった」おじいちゃんは話した。「当時は家族でスウェーデン南部のマルメに住んでおってな。デンマークはすでにナチスに侵攻《しんこう》され、ノルウェーも同じだった。コペンハーゲンは、わしらの家から海をはさんでほんの数キロ先のところにあったから、そう、わしには見えたんだ。戦争が見えた。いまはおまえのものになったあの望遠鏡で、戦《せん》況《きょう》を見守っていた」

おじいちゃんは言葉を切り、コーヒーをひと口飲んだ。わたしはりんごをひと口かじった。

わたしは床《ゆか》のクッションの上にすわっていた。

暗闇《くらやみ》は刻々《こっこく》と迫《せま》っていた。外はもう、星が見えるぐらい暗くなっている。

おじいちゃんは窓辺《まどべ》の小さなテーブルにコーヒーカップを置くと、望遠鏡のファインダーに片目《かため》をあてた。

「デンマークの銃撃戦《じゅうげきせん》を見た」おじいちゃんは話をつづけた。「攻撃《こうげき》し合うイギリスとドイツの戦闘機《せんとうき》。空中で戦闘爆撃機《せんとうばくげきき》が爆発《ばくはつ》するのを見た。海面に炎《ほのお》が降《ふ》り注《そそ》ぐのを見た」

「わたしたちは中立だった？　戦争のとき」わたしはきいた。

「わたしたちというのは、スウェーデンはということか？」

「うん」

「わしらは中立だったよ」

おじいちゃんは望遠鏡から顔をそらし、暗いなかでわたしの肩《かた》を軽くたたいた。

「おまえの番だ。見てごらん」

わたしは望遠鏡をのぞいた。

火星が見えた。半分は光に照らされ、半分は暗くなっている。

「火星だね」

「ああ。〝戦いをもたらすもの〟だ」

おじいちゃんはまたコーヒーカップを手に取った。

「あのころ、わしらはおびえていた。強かったのに、自分たちは弱いと思っていた。だから介入《かいにゅう》しなかった。どちらの側も支援《しえん》したんだと思う。情報《じょうほう》、補給品《ほきゅうひん》……鉄」

わたしは暗くなっていく部屋の向こうのおじいちゃんを見た。

「でもユダヤ人は」わたしは言った。「ユダヤ人に起きたすべてのことは。ユダヤ人がされたすべてのことは」

そのときは、はっきり言葉にすることが大事な気がした。

「ユダヤ人は殺《ころ》された」

「そうだ」おじいちゃんは言った。「ユダヤ人は殺《ころ》された。ほかの人々も。ロマの人々。同《どう》性愛者《せいあいしゃ》。労働組合員。まわりになじまないすべての者。面倒《めんどう》なことを引き起こしかねないすべての者。連中が恐《おそ》れるすべての者」

おじいちゃんは口をつぐみ、これから言うことを考えているようだった。

「わしらスウェーデンは、世界を失望させた。自分たちで思うよりも強かったのに。侵略《しんりゃく》させなかっただろうに。備《そな》えを固めていただろうに。バイキングみたいに戦えただろうに」

暗闇《くらやみ》のなかでおじいちゃんの目が光っていた。

「ひとつ確《たし》かにわかってることがある」

「なんなの？」

「おまえたちの世代は、世界を失望させんだろう」

20

わたしはいったん家に帰ってから、また出かけた。スケート靴《ぐつ》を持って、防寒対策《ぼうかんたいさく》で厚《あつ》着《ぎ》もした。おじいちゃんにもらった青い大きなコートは、バックパックのなかに詰《つ》めてある。レベッカにあげるつもりだ。レベッカには、このコートが必要だから。

エレベーターを降《お》りると、ロビーを横切り、冷たい空気のなかにまっすぐ出ていった。

そして、ぴたりと足を止めた。

ラーズだ。

わたしが雪玉を顔に命中させたラーズ。ラーズは、わたしのことを忘《わす》れていなかった。

数メートル先にあるベンチに、三人の男子とすわっている。雪合戦でわたしを待《ま》ち伏《ぶ》せしていた、あの男子たちだ。ラーズたちは電子タバコを吸《す》っていた。小さな光がぽつぽつと輝《かがや》き、煙《けむり》の小さな雲が漂《ただよ》っている。

わたしには、一瞬《いっしゅん》のチャンスがあった。ラーズがこっちを見ていない、つかのまのチャンスが。急いで逃《に》げることもできたはずだ。ラーズに気づかれないうちに、スタートダッシュで逃《に》げきって、〝バイキングの階段《かいだん》〟を下りるには充分《じゅうぶん》だったはず。

けれど、わたしは固まってしまった。

恐怖《きょうふ》のせいで、足がすくんでいた。

そのとき、ラーズは煙《けむり》の雲を透《す》かしてこっちを見た。ラーズは顔をしかめた。わたしだと気づいた。顔に命中した雪玉のことを忘《わす》れるはずがない。

ラーズは立ち上がり、こっちに向かって歩いてきた。

「どこに行く気だ？」

わたしは答えなかった。

ラーズが近づいてくる。

わたしはあとずさりした。

ラーズはかがんで地面からひと握《にぎ》りの雪をつかみ取り、それを両手でぎゅっと握《にぎ》って冷たく硬《かた》いボールをつくりながら、足を止めずに近づいてくる。

わたしはあとずさりしつづけた。

ラーズの後ろでは、ほかの男子たちが立ち上がり、様子をうかがっている。ひとりが同じように雪をすくい上げた。

「おい。おまえに言ってるんだ。どこに行──」

ラーズの言葉を最後まできかずに、わたしは走り出した。

くるっと背《せ》を向けて、急いでロビーに引き返した。

ラーズの投げた雪玉が飛んでくる。雪玉はわたしの横を通りすぎ、ロビーのドアのガラスにバシッとあたった。わたしは入口のドアにたどり着き、右手の手袋《てぶくろ》をはずして、四桁《けた》の暗証《あんしょう》番号をあわてて入力した。

暗証《あんしょう》番号は１３９２だ。

後ろから足音がきこえてくる。

カチッという音がして、ナンバーパネルの上の小さな赤いライトが点灯した。ドアを押《お》しあけ、なかに入ってドアを閉《し》めたのと同時に、ラーズが外からドアのガラスをたたいた。

ドアが揺《ゆ》れる。けれど、ガラスは持ちこたえた。

わたしはガラス越《ご》しにラーズを見た。

「ドアの暗証《あんしょう》番号は?」ガラスがあるせいで、声がくぐもって小さくきこえる。「おい、おまえだよ。おまえに言ってるんだ。暗証《あんしょう》番号を教えろって」

ほかの男子たちもやってきて、ラーズといっしょにドアの前に立った。ガラスにぴたりと張《は》りついて、顔をしかめ、やじを飛ばし、下品な手ぶりで合図しながら、熱い息でガラスをくもらせている。

わたしは首をふった。

背中《せなか》を向けて、エレベーターへ引き返す。エレベーターを呼《よ》ぶボタンを押《お》すと、上のほうの階から下降《かこう》しはじめ、内部の機械類がガタガタと鈍《にぶ》い音をたてているのがきこえた。

ラーズが、手袋《てぶくろ》をしていないこぶしで、ドアのガラスをたたいている。

「おい、なかに入れろ。話がしたいだけだよ」

わたしは無視《むし》した。ここにいれば安全だ、と自分にずっと言いきかせながら。

まっすぐ前だけ見つめていた。

だけど、ラーズはガラスをたたきつづけている。

「おい！　おい、おまえ！　おれを入れたほうがいいぞ。こっちには、ここに住んでる知り合いがいる。いつでも好きなときに、ドアの暗証《あんしょう》番号が手に入るんだからな。入ろうと思えば入れるんだ……」

そのとき、わたしは失敗をした。

ふり返ってしまった。

ラーズが舌《した》をつき出してガラスをなめ、けがらわしい汚《よご》れをべっとりと残すのを見てしまった。

やっとエレベーターが到着《とうちゃく》し、わたしは乗りこんだ。

上がっていくあいだもずっと、ラーズと仲間たちの笑い声が耳のなかに響《ひび》いていた。

わたしは自分の部屋にもどった。望遠鏡をのぞいたけれど、視界《しかい》がぼやけて見える。ピントを合わせようとしたとき、手が震《ふる》えていることに気づいた。

わたしは怒《おこ》っていたし、情《なさ》けなくもあった。

ラーズを傷《きず》つけてやりたかった。

もしもそのとき、押《お》せばラーズと最低な仲間たちを跡形《あとかた》もなく消せるボタンを持っていたら、わたしは喜《よろこ》んでそのボタンを押《お》しただろう。

そんなボタンがなくてよかった。

ベッドに腰《こし》かけて、深呼吸《しんこきゅう》する。

さっきの出来事は、しばらくわたしの頭にこびりついて、ことあるごとに思い出してしまうはず。ガラスをなめているラーズの姿《すがた》を。

それがラーズのねらいだってことは、なんとなくわかっていた。わたしの頭のなかに入りこむこと。いじめっ子はみんな、そうなることを望んでいる。

けれど、わたしはべつのことを考えた。

レベッカのことを考えた。

レベッカを助けなきゃ、と自分に言いきかせる。

それがわたしのやるべきこと。ラーズのことは忘《わす》れよう。

望遠鏡のところにもどり、ピント調整のつまみを慎重《しんちょう》に回すと、湖の真ん中の島が見えてきた。島のひときわ暗い森に焦点《しょうてん》を合わせる。

かすかな赤い光が見えた。ひどく弱々しいたき火の光。

「今夜は行けなくてごめんね」きこえるはずがないとわかっていながら、つぶやいた。レベッカには連絡《れんらく》を取りようがない。

レベッカはスマホなんて持っていないはずだ。スマホがなんなのかも知らないだろう。

21

太陽が雪と氷をまぶしく照らしている。

わたしは早くから湖に来ていた。

そして島があるほうへと向かった。

日中の光の下で見ると、島は思っていたよりもずっと大きかった。

縦横《たてよこ》百メートルぐらいある。ふだんの岸は、湿地《しっち》や腐葉土《ふようど》でやわらかいのだろうけど、いまはぬかるみが凍《こお》りついている。ごつごつした枝《えだ》があちこちよじれたりねじれたりしていて、海に飛びこもうとしている怪物《かいぶつ》の曲がった体みたいに、黒く凍《こお》りついた地面に、もぐったりつき出したりしている。

木々は古く大きく、苔《こけ》むして湿《しめ》っている。ものすごく古いので、なかには水の上にせり出している木もあるぐらい。ところどころ、木の幹《みき》が氷に切《き》り離《はな》されているように見える。

わたしは岸に上がった。

島の奥《おく》に進むと、葉っぱの落ちた木々はなくなり、常緑《じょうりょく》のマツの立木があらわれた。マツのおかげで、この島は植物が育つのに適《てき》した場所になっている。マツの木は、冬も耐《た》えぬいて肥《こ》えた土を維持《いじ》しつづけ、どんなに激《はげ》しく吹《ふ》きつける風からも避難《ひなん》できる場所を提《てい》供《きょう》してくれる。

この島は、身をかくすのにもちょうどいい場所だ。

「レベッカ?」わたしは呼《よ》びかけた。

「レベッカ!」

島の中心部の近くで、たき火の跡《あと》を見つけた。雪が完全に溶《と》けた黒い円の真ん中に、すっかり湿《しめ》ったアメリカトネリコの枝《えだ》がつまれている。

ブーツのつま先で灰《はい》の山を掘《ほ》り、燃《も》えさしをさがしたけれど、火は消えていた。消えてから、しばらくたっているようだ。

そばに野営地《やえいち》が組まれていた。手作りの簡易《かんい》シェルターだ。一本の低い木の枝《えだ》に、切った枝《えだ》を立てかけた、三角形のかくれ場所ができている。屋根は苔《こけ》で覆《おお》われている。なかに入ってみた。外と同じぐらい寒いけど、少なくとも乾《かわ》いている。チェック柄《がら》の古いブランケットが一枚《まい》あるだけで、なかはからっぽだ。

わたしはバックパックをあけた。あの青いコートを取り出し、たたんで野営地《やえいち》に置いておく。それから、レベッカのために取っておいた食べ物をポケットから出した。りんごバナナ、ビスケット、紙パック入りのフルーツジュース、ヨーグルト。食べ物をその下にかくそうとして、ブランケットを手に取ると、くるんであったノートが転がり落ちてきた。学校で使うような子ども用のノートだけど、古くてボロボロで、表紙に名前は書いていない。

わたしはノートを拾い上げて、ページをめくった。そこには、この島と湖と野営地《やえいち》が、木炭画で丁寧《ていねい》に描《えが》かれていた。空を飛ぶ鳥や、雲や、星の絵もある。地面にあおむけに倒《たお》れて見上げながら描《か》いたような、空高く飛んでいる飛行機の絵もあった。

古い飛行機だ。戦争映画《えいが》に出てきそうな。

ページをめくっていくと、地図があった。

レベッカは鉛筆《えんぴつ》でこの湖の地図を描《か》いていた。複数《ふくすう》のページにわたって、こと細かに描《か》かれていて、この島と、レベッカがたきぎを集めていた岸辺の森、湖と陸地の曲がりくねった長い境界線《きょうかいせん》が示《しめ》されている。湖と陸の境界線《きょうかいせん》は、西側の内陸へとずっとのびて、この国の中心にまでおよんでいる。

湖面に奇妙《きみょう》なしるしがつけてあった。矢印と感嘆符《かんたんふ》と、線を交差させて陰影《いんえい》をつけた箇《か》所《しょ》。なんのためのしるしなのかも、なにを意味するものなのかも、わたしにはわからない。

水の流れ？

魚がよく釣《つ》れる場所？

見当もつかない。

寒くなってきた。ノートの絵に夢中《むちゅう》になって、すわりっぱなしでじっとしたまま長い時間が過《す》ぎていた。わたしはノートをブランケットの下にもどして、食べ物もそこにかくすと、最後にもう一度あたりを見わたして、レベッカの姿《すがた》がどこにもないことを確《たし》かめてから、家に帰った。

22

家に帰ると、わたしは夕食をつくった。でも、頭のなかは湖のことでいっぱいだった。

だからエンドウマメは生煮《なまに》えで、マカロニはゆですぎて、流しでパスタのお湯を切るときには、鍋《なべ》の側面で指をやけどしてしまった。

ママと話がしたかった。

わたしが料理をテーブルに運ぶと、ママはノートパソコンを閉《と》じた。

「ありがとう」ママは言った。

「ティーライトを切らしちゃってるよ。キャンドルも」

「だいじょうぶよ」そのあとママはつけ加えた。「わたしたちが光なんだから」

苗字《みょうじ》の〝ルーカス〟のことを言っているのだ。

わたしがもっと小さくて暗闇《くらやみ》を怖《こわ》がっていたころ、わたしの部屋の電気を消したあとで、ママがよく言っていた言葉。

あなたは光なんだから。暗闇《くらやみ》を怖《こわ》がることはないのよ。


結果的に、料理はそこまでひどいものでもなくて、食べ終わると、わたしは切り出した。

「相談したいことがあるんだけど」

ママはうなずいた。「なにかあるんだと思ってたわ。どうしたの？　なにを悩《なや》んでるの？」

どこから始めればいいのか、わからなかった。

「友だちがいるんだけど」

ママは待っている。

「その子が困《こま》ってるみたいなの」

「つづけて」

「いま、その子の家では、いろいろとうまくいってないらしくて。食べるものにも困《こま》ってるんだと思う」

「だれなの？　わたしの知ってる子？」ママは質問《しつもん》した。

「ううん」

「同じ学校の子？」

「ちがう。だれなのかは言えないの」

ママは身を乗り出して、わたしの手を取った。「カーラ、その子はだれなの？」

「だれにも言わないでって、その子が」

「カーラ。話して」

話せない。話すつもりはない。

「約束したから」

ママはうなずき、わたしの手をはなした。

「ごめんね。とにかく、だれかは言えないの」

ママはもう一度うなずいた。興味《きょうみ》をそそられ、知りたがっていて、すこし心配している。あれこれ考えているのがわかった。ママはほかの方法をさがしている。その女の子について、もっとくわしく知るにはどうすればいいのかを。わたしが友だちとの約束を破《やぶ》らずにすむ方法を。

べつの方法が必ずあるものよ、とママはいつも言っている。やり方はひとつじゃない。

「いいわ。わかった。約束なのよね。でも、わたしにも約束してもらいたいことがあるの」

ママは言った。

「なあに？」

「これからあなたがやるべきことを言うわ。あなたは、その謎《なぞ》の女の子からはなれずにいること、いいわね？　その子に声をかけつづけること。ひとりぼっちじゃないって、その子にわからせること。あなたという友だちがいるんだと、はっきりわからせること。たよれる相手がいるんだってことを。それと、できればここにその子を連れてきなさい、そうすればわたしも会えるし、ご飯を食べさせて話をすることができるから。わかった?」

「わかった」

「よろしい。それでね、その子がどんな問題をかかえてるのか知らないけど、これから言うことを約束してほしいの、いい?」

「うん」

「大人に相談して助けを求めるよう、その子を説得《せっとく》すると約束してちょうだい。以上。それだけよ。その子をここに連れてこられなかったとしても。大人に相談するよう、とにかく説得《せっとく》して。その相手は、親じゃなくてもいいのよ。だれでもかまわない。学校の先生でも。教会の人でも。信頼《しんらい》できる相手なら、それでいい。助けを求めて相談できる相手は、必ずだれかいるはずだから。自分はひとりぼっちだと思ってるようなときでも。打ち明けたらまずいことになると思ってるようなときでも。まずいことにはならないはずよ、約束する。どこかに必ず信頼《しんらい》できる大人がいて、事情《じじょう》を理解《りかい》して、力になってくれるはずだから」

必ず。信じて。ママはそう言った。

「いいわね?　その子に伝えてくれる?」

「うん」

約束する。

「お金が必要？」

「かもしれない」あって困《こま》ることはなさそうだ。

「あなたの口座《こうざ》に、いくらか入れておくわ」そう言って、ママはスマホに手をのばした。

「〝謎《なぞ》の女の子〟にお昼をごちそうしてあげて。マクドナルドに連れていくとか。その子が食べたいものをなんでも」

ね、うちのママは最高なんだから。

23

自分の部屋から湖をすみずみまで見わたして、レベッカの姿《すがた》を見つけた。わたしはまっすぐロビーに降《お》りていき、ドアのガラス越《ご》しに外の様子をうかがった。

ラーズは見当たらない。

行くなら、いまだ。

わたしは出ていった。でも、湖に直行はしなかった。橋をもどってバスに乗り、湖の北側の道へ出た。そして、いつもおじいちゃんと落ち合う売店の近くでバスを降《お》りた。

売店にはアブドゥルがいて、わたしはまたパンとフライドポテトとケチャップを注文した。それから、スケート靴《ぐつ》のひもをしめると、湖をわたりはじめた。

島の空き地でたき火が燃《も》えていた。目で見るよりも先に、においがした。風はなく、空気は冷たくて、煙《けむり》がゆっくりと湖に漂《ただよ》い流れている。

足早に岸から木々のあいだをぬけて、マツの木立にたどりつく。近づいていくと、炎《ほのお》が赤く輝《かがや》いているのが見えた。

「レベッカ?」

たき火がパチパチいう音とはべつに、なにかの物音がした。

「レベッカ?」

わたしは野営地《やえいち》を見た。

あのなかに、だれかいる。だけど、レベッカじゃない。

わたしは近づいた。

そのだれかが縮《ちぢ》み上《あ》がり、奥《おく》のほうの片隅《かたすみ》でブランケットの後ろにかくれようとしている。

「ねえ」わたしは声をかけた。「こんにちは。怖《こわ》がらないで」

さらに近づく。

「ねえ」もう一度くり返す。「パンを持ってきたの。わたしは友だちだよ」

待っていると、光のなかに顔が見えた。

男の子だ。八歳《さい》ぐらいで、真っ黒な髪《かみ》に青白い肌《はだ》。わたしを怖《こわ》がっている。サイズ三つ分ぐらい大きすぎるけど、わたしがレベッカのために置いていった、あの古い青色のコートを着ている。

「怖《こわ》くないよ」わたしは話しかけた。

野営地《やえいち》の前の地面にひざまずく。近づきすぎず、でもこっちから男の子が見えて、向こうからもわたしが見える距離《きょり》に。ふたりのあいだの地面に、食べ物の入った紙袋《かみぶくろ》を置く。

「はい。フライドポテト。あとケチャップ」

男の子はうなずいた。

「わたしはカーラ。あなたは?」

「サミュエル」

サミュエル、とわたしは心のなかで思った。

レベッカには弟がいたんだ。

「レベッカの弟ね」

「うん」

サミュエルは集中していた。不思議なエネルギーをまとっている。言葉を発することが、自分の力で爆発《ばくはつ》を起こしていくことだというように、ひと言ひと言を必死にひねり出している。

わたしの心を読んだみたいに、サミュエルはうなずくと、手をのばしてポテトの入った紙袋《かみぶくろ》をあけ、食べはじめた。

どうして、これまで一度も湖でこの子を見かけなかったんだろう?

「スケートはすべれる?」わたしはきいた。「スケート靴《ぐつ》がいる? 持ってきてあげようか」

サミュエルは、だまってわたしを見ている。

「困《こま》ってる？　あなたとレベッカは、なにか問題に巻《ま》きこまれてるの？　だれかに追われてるとか？」

サミュエルは返事をしなかったけど、答えた気がした。不思議と、質問《しつもん》の答えはイ、エ、スだと感じた。

い、うん、ぼくらは困《こま》ってる。

い、うん、だれかに追われてる。

「危険《きけん》が迫《せま》ってるの？」

い、うん、と伝わってきた。

「わたしも危険《きけん》にさらされてる？」

い、うん。

サミュエルはわたしを見つめながら、フライドポテトを食べつづけた。わたしは話した。

「この湖は、遥《はる》か先までつづいてる。この国の中心部までずっと。あなたとレベッカは、スケートでずうっと遠くまですべっていけば、だれにも見つからないはずだよ」

「ぼく、スケートはしない」やっとサミュエルは答えた。

「簡単《かんたん》だよ。教えてあげる。きっと楽しいから。一日あればすべれるようになるかも」

そのとき背後《はいご》で物音がして、ふり返ると、たき火のための新たな枝《えだ》の束をかかえたレベッカがやってきた。

「その子はスケートはしないよ」とレベッカは言った。

「なんで？」

「跛行《はこう》だから」

どういう意味か、よくわからなかった。ハコウって？

レベッカはたき火にさらに枝《えだ》をくべた。シューっと湿《しめ》った音がした。

「どういう意味？」わたしはたずねた。

レベッカはわたしを見た。「その子は歩けないの。ましてやスケートなんて」

沈黙《ちんもく》が流れた。なにを言えばいいのか、わからなかった。サミュエルはポテトを食べながら、暗い顔でわたしを見つめている。

しばらくして、わたしは口を開いた。「また食べ物を持ってきたよ」

「ありがとう。それと、こんにちは、いらっしゃい」

レベッカはわたしをハグした。

「ここに住んでるんだね」わたしは言った。

「いまのところはね」

「家がないの？」

「いまのところはね」レベッカは腰《こし》をおろした。フライドポテトの残りに手をつっこみ、ケチャップの小袋《こぶくろ》を見つけると、まんべんなくかけて、勢《いきお》いよく食べた。

「食料は助かる。わたしたち、ものすごくお腹《なか》がすいてて。ほんとうに、ばかだった。お金をなくしちゃって——残ってた最後のお金を——雪のなかのどこかに。子どもっぽい遊びをしてるうちに、ポケットから転がり落ちたみたい」

あのコイン——あのドイツのコインは——レベッカのものだったんだ。

「し、知らなかった」わたしは口ごもったけど、話をつづける前に、サミュエルがホットドッグ用のパンの袋《ふくろ》を引っぱり出して、パンをひとつ取り出した。

「この子、質問《しつもん》があるって」レベッカが言う。

サミュエルはうなずいた。「犬《ドッグ》を食べるの？」

「犬を？」わたしはきき返した。

「うん」

いゝ、いゝ、ホットドッグ。

「ううん。そのホットドッグロールは――パンは――ソーセージをはさむものなの」

「そうなんだ」レベッカが言った。

「それをホットドッグって呼《よ》ぶんだよ。でも、ただのソーセージだから。ほとんどはブタだね。豚肉《ぶたにく》。わたしは食べないけど。わたしは菜食主義者《ベジタリアン》だから。ほぼ完全菜食主義者《ヴィーガン》」

レベッカはうなずいた。「わたしたちも豚肉《ぶたにく》は食べない」

ポテトはなくなった。レベッカはケチャップの最後のひと袋《ふくろ》を見つけると、サミュエルのパンに塗《ぬ》った。それから袋《ふくろ》を丸ごと慎重《しんちょう》に開いて、ケチャップをきれいになめ取りはじめた。すっかりなめてしまうと、レベッカは言った。「この食べ物をどこで手に入れてるの？」

「売店《キオスク》で。湖の岸にある」

なんのことだか見当もつかないという顔で、レベッカはわたしを見た。

わたしは片手《かたて》を上げて、後ろを指さした。

「遠くないよ。見えるはず」

レベッカはうなずき、立ち上がった。

「見せて」

24

サミュエルを島に残して、レベッカとわたしは氷の上に出ていった。湖をすべっていくと、やがて遠くに虹色《にじいろ》の小さな光の点として売店が見えた。

「あそこ」わたしは言った。「見て」

「どこ?」

「あそこだって。わたしが指さしてるところ。指の先を目でたどってよ」

レベッカは、わたしの腕《うで》と目線を合わせて見た。

「見えない」ぽつりと言う。「なにも見えない」

「なにが見えてる?」

「なにも。どこにも光はない。あるのは、葉っぱの落ちた木。あとは、暗い岸」

わたしにはわからなかった。

理解《りかい》できなかった。

するとレベッカが見せてくれた。

レベッカはわたしの手をつかんだ。手袋《てぶくろ》をはずした手で、わたしの手首をつかんでいる。わたしの手袋《てぶくろ》と冬物の暖《あたた》かいコートの袖《そで》のすきまから、わずかに出ている素肌《すはだ》の部分を指で触《ふ》れて。

つぎの瞬間《しゅんかん》、レベッカが見ているものが、わたしにも見えた。

鳥が落とした石のように、暗闇《くらやみ》が落ちた。

見えたのはべつの湖、べつの岸だ。凍《こお》っている、それは同じ。木々に囲《かこ》まれている、それも同じ。だけど、メーラレン湖じゃない。わたしの湖じゃない。どこかべつの場所だ。

どこか遠くの、どこかもっと暗いところ。

「見える？」レベッカはたずねた。

「うん」

わたしはレベッカの世界の暗闇《くらやみ》をじっとながめ、あることに気づいた。

前にもこれを見たことがある。前にもここに来たことがある。
二、三日前の停電《ていでん》を思い出した。おじいちゃんから電話があって、流星雨が降《ふ》ってくると教えてもらったとき。わたしは望遠鏡をのぞいていた。すると、停電《ていでん》が起きた。街じゅうの明かりが消え、〝夜空の輝《かがや》き〟が薄《うす》れて、星が見えた。

でも、あれは停電《ていでん》じゃなかったんだ。

電気はずっとついていた。

わたしはべつの場所を見ていたんだ。レベッカの世界を。レベッカの住んでいるところには街が存在《そんざい》しないから、街明かりが輝《かがや》いていなかった。何キロにもわたって、どんな種類の電灯もついていないから、晴れた夜はいつも星が見えた。あとになって、そう知った。

わたしはもう、ここに来ていたんだ。

わたしはもう、この世界を見ていた。

レベッカは、わたしの手首をはなした。

「そっちはなにを見てるの？　なにかべつのもの？」

「うん」とわたしは答えた。

レベッカはうなずいた。「見せて」

そう言って、袖《そで》をまくり上げる。わたしは手袋《てぶくろ》をはずし、冷え切ったレベッカの手首をつかんだ。つぎの瞬間《しゅんかん》、レベッカは息をのんだ。

遠くに売店と、もっと遠くに高層住宅《こうそうじゅうたく》の窓《まど》の明かり、両岸沿《ぞ》いにならんだ街灯、雲に映《うつ》し出《だ》された街の夜光を、レベッカは見たはずだ。

「見える？」

「見える」レベッカは息もつけず、いまにも卒倒《そっとう》してしまいそうだった。そして、たのみこむように言った。「はなして……はなして……」

わたしはレベッカをはなした。

ホッとしたみたいに、レベッカの呼吸《こきゅう》がまともにもどった。

「わたしたちはべつべつの場所にいる。あなたとわたしは」

「べつべつの時間に」わたしはささやいた。

レベッカは首をふった。「べつべつの世界に」

わたしはコインのことを思い出した。

「コインを見つけたの。雪のなかに。鷲《わし》の絵のついたやつ。かぎ十字も」

「五ペニヒ硬貨《こうか》？」

「うん。レベッカのだと思う。絶対《ぜったい》にそう。なくしたんだもんね」

「そのコインを持ってる？」

「いまは持ってないけど、取りもどせるから……取りもどしてくるよ。明日」

レベッカはうなずいた。「あのコインは死をあらわしてる。わたしみたいな人間にとっての死を。それでも、あれで食べ物が買えるの。わたしたちに物を売ってくれる農場が、ここにはまだあるから」

「で、ここはどこなの？」

「ここはここ」レベッカはわたしをふり返った。「あなたとわたしがいるところ」

「でも、わたしたちはどこにいるの？　いまいるここはどこ？」

レベッカはためらっていて、答えるつもりはないんじゃないかと一瞬《いっしゅん》思ったけど、ききおぼえのない地名を口にした。

「それってどこなの？」

レベッカは自分がどこに住んでいるかを話した。

そこはスウェーデンじゃなかった。レベッカはスウェーデンを訪《おとず》れたことが一度もなかった。海をわたった何百キロも先にある、べつの国で育った。そして、いまもそこにいる。

わたしたちは、ふたつの異《こと》なる場所、ふたつの異《こと》なる時間にいた。それがどういうわけか、時間と空間の大きな隔《へだ》たりを超《こ》えて、わたしたちは出会った。レベッカはいまも、そこからぬけ出せずにいる。レベッカを助けられるのはわたしだけなんだと、ふいに気づいた。

「わかった」ほかになんて言えばいいのかわからなくて、そう答えた。わたしがどこにいるのかは、レベッカはきかなかった――わたしにとってのここがどこなのかは。もう知っていたのかもしれない。だけど、どうしても信じられなかったのかもしれない。

遠くで、銃《じゅう》を発砲《はっぽう》するような音がした。わたしたちはそろってふり返り、同じ方向を見た。湖の東の端《はし》のほうを。

耳にした音、あるいは目にしたものがなんなのか、わたしにはわからなかった。空に花火が打ち上げられたように見えた。

「あれは?」

レベッカは返事をしなかった。花火はパッと光って、黄色い輝《かがや》きを放つ流れ星になった。空から落ちてくるさまは、それなりに見ものだった。

「照明弾《しょうめいだん》」レベッカは答えた。

その星は落下しながら氷を黄色く照らし、わたしはあらゆる方角の一、二キロ先まで見通すことができた。

つまり、こっちの姿《すがた》も見えるということだ。

「わたしたちをさがしてる」レベッカはつぶやいた。

照明弾《しょうめいだん》は五百メートルほど先の氷の上に落ちた。そこでもくすぶりながら燃《も》えつづけ、たまに思い出したように、黄色い小さな光のかたまりを噴出《ふんしゅつ》させている。

「あいつらが来ちゃう。行かなきゃ。急いで！」レベッカはうながした。

「だれが来るの？　だれもいないみたいだけど」

遠く離《はな》れたところでだれかが口笛を吹《ふ》く音が、かすかにきこえてくる。レベッカはもう、わたしのとなりにいなかった。

レベッカは行ってしまった。スケートですべって逃《に》げていた。

湖の東の端《はし》にある暗がりのどこからか、犬が吠《ほ》える声がきこえてきた。氷の上で照明弾《しょうめいだん》がチラチラと燃《も》えているところの先は、なにも見えない。

凍《こお》った湖の上を、犬の群れが走っている音がした。太鼓《たいこ》のような低い足音と、キャンキャン吠《ほ》えたり、うなったりしている声がきこえる。

氷の上に取り残された照明弾《しょうめいだん》が放つ楕円形《だえんけい》の光に照らされて、声の主がぬっと姿《すがた》をあらわした。

十数頭の黒い犬。猟犬《りょうけん》。ドーベルマンだ。

わたしは口をあけて叫《さけ》ぼうとしたけど、冷たい空気に声を発することもできなかった。

薄《うす》れつつある照明弾《しょうめいだん》の鈍《にぶ》い黄色の光にさらされて、犬たちはシルエットの形をかえていく。

いまこの瞬間《しゅんかん》にも、犬たちのシルエットは大きくなっていた。と、後ろにある照明弾《しょうめいだん》が燃《も》え尽《つ》き、犬たちはほとんど真《ま》っ暗闇《くらやみ》のなかを近づいてきた。

わたしはその場に釘《くぎ》づけになった。頭が働かない。走ることができない。暗闇《くらやみ》のなかで、わたしはじっと動かずにいた。

氷を踏《ふ》む犬の足と爪《つめ》の音と、吠《ほ》え声《ごえ》。

汗《あせ》で光るつややかな黒い毛皮を照らす月光。

犬たちは、こっちに向かってきている。わたしはまだ動くことができずにいる。動けと命じながら、心のなかで自分の足を蹴《け》った。けれど、その場から動けず、わたしは犬たちに捕《と》らえられた。

「いや――――！」

ところが、犬たちはわたしのなかをまっすぐ通りぬけていった。

幽霊《ゆうれい》みたいに。

映写幕《えいしゃまく》に映《うつ》し出《だ》された映像《えいぞう》みたいに。

この世界にわたしは存在《そんざい》しないみたいに。

犬たちはわたしのなかを通りぬけて、それと同時に、その姿《すがた》はたちまち薄《うす》れはじめ、べつの獲物《えもの》に向かってそのまま突進《とっしん》しながらも、空中に消えていった。

あの犬たちは、わたしをまったく見ていなかった。わたしを追ってはいなかった。べつの相手を追っていた。あの犬たちは、レベッカを追っていた。

犬たちの姿《すがた》が薄《うす》れ、すっかり消えてしまうのを、わたしはじっと見つめていた。

そのときになって、息を止めていたことにようやく気づいた。

25

レベッカとサミュエルはユダヤ人だった。ふたりはかくれていた。一九四四年のことだ。住んでいる国の指導者《しどうしゃ》と国民が自分たちを殺《ころ》そうとしていたから、ふたりはかくれていた。あとの家族はひとり残らず、すでにナチス〔ヒトラーを党首〔とうしゅ〕とするドイツの政党〔せいとう〕。かぎ十字がシンボル。ユダヤ人を迫害〔はくがい〕し、第二次世界大戦を引き起こした〕に連行されていた。強制収容所《きょうせいしゅうようじょ》に連れていかれたのだ。絶滅収容所《ぜつめつしゅうようじょ》に。

こんなことになったのは、レベッカたちがユダヤ人だったからだ。

その国にあるレベッカたちの家に、ある日トラックがやってきた。兵士《へいし》たちがみんなを一網打尽《いちもうだじん》にした。地下室でかくれんぼをしていたから、レベッカとサミュエルは助かった。トラックは走り去った。上の階には、ユダヤ人じゃない料理人とメイドだけが残っていた。料理人とメイドはレベッカとサミュエルの両親と話を合わせて、子どもたちは二週間前にスウェーデンの叔母《おば》のもとへ行ったのだというふりをした。

そしていま、料理人とメイドはレベッカとサミュエルに、本当にスウェーデンに行きなさいと話した。

「好きなものを持っていっていいけど、身軽に移動《いどう》するんですよ」サミュエルをかわいがっていたメイドは言った。「あなたたちをここにかくまってはおけないの。兵士《へいし》たちはこの家を略奪《りゃくだつ》しにもどってくるはずだから。あなたたちのものはすべて奪《うば》われて、この家は秘密警察《ゲシュタポ》〔反ナチス運動を取りしまるナチス・ドイツの政治警察〕の将校《しょうこう》の妻《つま》に与《あた》えられることになるでしょう」

つづいて料理人が言った。「連中がもどってきたとき、あんたたちがここにいるのが見つかったら、俺《おれ》たちも殺《ころ》されちまう」

それでレベッカは木のドアからメズーザー〔ユダヤ人のお守り。申命記〔しんめいき〕の数節を記した羊皮紙で、ケースに入れて家の戸口に取りつけておく〕を取りはずし、それに口づけをして、その日のうちに弟を連れて出発した。

自転車が一台あった。レベッカがこいで、サミュエルは姉にしがみついていた。

そうして、ふたりはこの島にたどり着いた。

かくれ場所だ、とレベッカは思った。ここにいて、戦争が終わるまでじっと待てばいい。ドイツは負けつつある。長くはかからないだろう。

やがて冬になった。この戦争で冬を迎《むか》えるのは、これがきっと最後だ。島のまわりの湖が凍《こお》った。

すると、奇妙《きみょう》なことが起こりはじめた。べつの世界、かくされた世界が、自分たちの世界と触《ふ》れ合《あ》っていることに、ふたりは気づいた。サミュエルは夜に、幽霊《ゆうれい》みたいな声をきいたけど、なにを言っているのかはききとれなかった。レベッカは昼に、湖でスケートをすべる幽霊《ゆうれい》みたいな人々の姿《すがた》を見た。レベッカはそれを無視《むし》した。飢《う》えているせいだと思った。

ふたりは、じわじわと正気を失いかけていた。

ある夜、空を見ると流星雨が降《ふ》っていた。レベッカは森の中で女の子の歌声をきいたけど、その子はどこにも見つからなかった。雪のなかに自分のものではない足跡《あしあと》があらわれ、消えて、またあらわれた。

時間がくり返されているようだった。湖の地形が変化した。すべてが不確《ふたし》かだった。この島だけが、ずっとかわらなかった。

この島は扉《とびら》なのかもしれない、とレベッカは思った。べつの時間、べつの場所への出入口。

でも、もし扉《とびら》だとしたら、どうして通れないの？ 錠《じょう》がおろされているからだ。向こう側から鍵《かぎ》がかけられている。鍵《かぎ》をあけてくれる人が来るまで、扉《とびら》は役に立たない。

生きのびるのよ、とレベッカは思った。

たきぎを持ってくる。

温かさを保《たも》つ。

食べ物を見つける。

とにかく、この冬を乗り切らなければならなかった。

26

わたしは旧市街《きゅうしがい》の骨董品《こっとうひん》店をまた訪《おとず》れた。レベッカのために、五ペニヒ硬貨《こうか》を取りもどさないと。

受取証《うけとりしょう》は持ってきてある。それを取り出しながら、突堤《とってい》のところで角を曲がり、石畳《いしだたみ》の通りを店へと歩いた。

窓《まど》に〝閉店《へいてん》〟の看板《かんばん》が出ている。

腕時計《うでどけい》に目をやった。今日は平日で、午前十時を回っている。開店しているはずなのに。

ドアのガラス越《ご》しになかをのぞきこむ。明かりは消えている。店内がぼんやりと見えた。カウンターの後ろ、階段《かいだん》の下にあるドアから、ひとすじの光が照らしている。見える範囲《はんい》に人の姿《すがた》はない。

わたしはガラスをたたいた。そのとき、ドアの横の壁《かべ》に、旧式《きゅうしき》の呼《よ》び鈴《りん》のボタンがあることに気づいた。ボタンを押《お》すと、遠くかすかにブザー音がきこえた気がした。

ガラスの向こうをのぞきながら、ブザーをもう一度鳴らす。

レベッカのコインを手放したことで、自分にひどく腹《はら》を立てていて、必ず取りもどすのだと決心していた。もう一度ブザーを鳴らし、そのままボタンを押《お》しっぱなしにして、やけくそ気味の遠い音をきいているとき、見落としていたものに気がついた。正面入口のガラスの低い位置に、手書きの小さなメモが貼《は》られている。

〝身内の不幸により臨時《りんじ》休業〟と書かれていた。

ボタンから指をはなし、メモを見つめる。

だれが亡《な》くなったんだろう。あの日わたしが会ったおじいさん、アルバートさんなのかもしれない。

どうすればレベッカのコインを取りもどせるんだろう。

あの犬はどうなるのかな。

ちょうどそのとき、店内から音が響《ひび》いてきた。長いばらばらの鐘《かね》の音《ね》が。店内の壁《かべ》にずらりとならんだ古い掛《か》け時計《どけい》が正時を知らせていて、わたしは金属的《きんぞくてき》な不思議な音が小さくなってきこえなくなるまで耳をかたむけていた。

雨が降《ふ》り出し、わたしは家に帰った。

コインがあってもなくても、レベッカとサミュエルは食べなければならない。

わたしは昼下がりに島へ出かけていき、野営地《やえいち》のなかにひとかたまりのパンとりんご二個《こ》、紙パック入りのジュースを一パック置いていった。家に帰ると、夜が来るのを待った。

27

暗闇《くらやみ》が訪《おとず》れ、わたしはエレベーターで下に降《お》りた。

スキーストックとそりを持ってきている。長い引《ひ》き綱《づな》がついた、青いプラスチック製《せい》の頑丈《がんじょう》なそりだ。わたしの背丈《せたけ》と同じぐらいの長さがある。この冬は一度も使っていなかったけど、役に立ちそうな使い方を思いついたから。

わたしはずっと、足の不自由なサミュエルのことを考えていた。どうすれば、あの子の力になれるんだろう、と。

ロビーに入るとドアのガラスの前に直行し、外をのぞいて、だれにも待《ま》ち伏《ぶ》せされていないか確認《かくにん》した。わたしは半ば覚悟《かくご》し――半ば恐《おそ》れていた――表に悪ガキ仲間といっしょにいるラーズの姿《すがた》を見つけることを。けれど、外にはだれもいなかった。

寒すぎるからかもしれない。

そりをかかえて、わたしは夜のなかへ出ていった。〝バイキングの階段《かいだん》〟を下り、新しいアパートを通りすぎていく。草深い森に入ると、雪の上でそりを引いていくことができた。岸に着くと、スケート靴《ぐつ》を履《は》いて、引《ひ》き綱《づな》を腰《こし》に結んだ。湖に出ていき、氷にストックをつきながらそりを引いていく。

島に着くと、スケート靴《ぐつ》のクリップをはずした。二本の木のあいだに、そりを立てて雪に挿《さ》す。それから木々のあいだを通りぬけ、野営地《やえいち》に行った。たき火は消えかけている。レベッカとサミュエルはそこにいて、野営地《やえいち》のなかで眠《ねむ》っていた。

ふたりを起こしたくなかった。レベッカたちの暮《く》らしは、どんなにつかれることだろう。常《つね》におびえ、常《つね》に危険《きけん》を警戒《けいかい》しているというのは。眠《ねむ》るとホッとするのかな。この寒さのなかで眠《ねむ》れるのであれば。

そっとしておいたほうがよさそうだ。

わたしは、たき火を絶《た》やさないようにした。そばにつみ上げられている大小の枝《えだ》は、たき火の暖《あたた》かさですこしずつ乾燥《かんそう》してきていた。あまり湿《しめ》っていないものをいくつか選び、熱い炭の上に慎重《しんちょう》に置いていく。熱を発しているたき火のいちばん熱いところに枝《えだ》を置くのがコツだ。そこを囲《かこ》むようにして、枝《えだ》を一種の円錐形《えんすいけい》につみ重ねていくと、そのうち下から炎《ほのお》が燃《も》え移《うつ》る。そうなるのを待つだけだ。

わたしは待った。最初に白い煙《けむり》が上がり、むせてしまった。しばらくすると煙《けむり》は流れ去り、新しいたきぎのまわりに青と黄色の炎《ほのお》が躍《おど》った。

わたしはそこから動かず、炎《ほのお》を見つめていた。どれだけのあいだ、そんなふうに身じろぎもせず目を見開いていただろう。安全で、暖《あたた》かく、心地《ここち》よさを感じていた。レベッカとサミュエルが傷《きず》つけられることのないよう守っている気がしていた。

ふいに、だれかに名前を呼《よ》ばれた。

見ると、レベッカが野営地《やえいち》のなかで体を横にし、目を覚ましていた。ブランケットの下でサミュエルと寄《よ》り添《そ》って身を丸めながら、目をあけている。

「レベッカ」

「食べ物を置いていってくれたでしょ」レベッカは体を起こしながら言った。

「うん」

「ありがとう。もう食べちゃった」

「そのために持ってきたんだから」

「そっちも食べ物が必要なんじゃないの？　家族のために」

「足りてるから。わたしたちには充分《じゅうぶん》あるの。わたしとママの分は。ほんと言うと、多すぎるぐらい」

「カーラの家は裕福《ゆうふく》なの？」

説明するのはむずかしかった。わたしとママは裕福《ゆうふく》じゃない。生活費《せいかつひ》も毎月の予算が決まっているし、ストックホルムという街は家賃《やちん》がとても高い。ママがこんなに長時間働かないといけないのは、それが理由のひとつだ。だけど、レベッカとサミュエルに比《くら》べれば、わたしたちは裕福《ゆうふく》だ。食べるものは充分《じゅうぶん》すぎるぐらいある。屋根の下で暮《く》らせている。アパートのなかは、冬は暖《あたた》かく、夏は涼《すず》しい。

レベッカとサミュエルは、なにひとつ持っていない。

ただ、ふたりにはお互《たが》いがいる。

それに、ふたりにはわたしがいる。

「裕福《ゆうふく》じゃないよ。でも、分け合えるぐらいはあるから」

レベッカはうなずいた。その答えに満足したみたいだ。立ち上がり、たき火のそばにいるわたしのとなりにすわった。

「ほかにも持ってきたものがあるんだ。サミュエルのために」わたしは言った。

「なにを？」

「なにを？　なにを持ってきてくれたの？」サミュエルが起き上がりながらたずねた。

自分の名前がきこえて、目を覚ましたようだ。


わたしたちは湖の上にいた。レベッカはわたしの横ですべっている。わたしは猛《もう》スピードでそりを引いていて、そりの後部にはブランケットで体をくるんだサミュエルがすわっている。

サミュエルは笑っていた。心からの笑顔《えがお》だった。

満面の笑《え》みを浮《う》かべていた。

スピードを楽しんでいる。動きを楽しんでいる。

わたしはますますスピードを上げて引っぱった。

そして急に向きをかえ、弾《はず》みをつけて曲がると、後ろでそりは大きな円を描《えが》いてぐるりと回転し、サミュエルが叫《さけ》ぶのがきこえた。「ヒャッホ――――！」

レベッカが交代し、わたしはふたりの後ろをすべった。サミュエルを乗せたそりを、レベッカはわたしよりも速く引っぱった。たぶんわたしより年上で、体も大きいから。毎日を生きのびるために、やらなきゃいけないことのおかげで、自然とわたしよりもたくましい筋肉《きんにく》を身につけていたから。

サミュエルは氷の上を飛ぶようにぐるぐる回っていたけど、そのうちわたしたちはつかれすぎて引っぱれなくなり、息を切らして島の岸にもどった。

レベッカはサミュエルをそりから降《お》ろすと、木々のあいだをぬけて野営地《やえいち》までかかえていった。

わたしは湖をわたって、アブドゥルの売店にケチャップとフライドポテトを買いにいった。

食べ物をかかえて、目の前に島の黒い輪郭《りんかく》がはっきり見えてくるまで、スマホのライトを照らしながら氷の上をすべった。島が見えると、レベッカに言われたとおり、スマホの懐中電灯《かいちゅう》を消し、ほとんど真っ暗ななかを進みつづけた。

島に近づいていくと、レベッカにつまずきそうになった。

レベッカは氷の上に横たわっていた。うつぶせになり、頬《ほお》と耳を氷につけて。

わたしは足を止めた。「レベッカ？」

「シーッ」

わたしはレベッカを見つめて、待っていた。しばらくすると、レベッカは目をあけた。

「なにをしてるの？」わたしはきいた。

「氷の声をきいてるの。氷がたてる秘密《ひみつ》の音を……氷の歌をきいてる」

「氷はなんて言ってる？」

「氷は……ちょっと待って。わかった。氷はこう言ってる、〝カーラ・ルーカスは質問《しつもん》が多すぎる〟って」

レベッカは声をたてて笑い、ぱっと立ち上がった。

「まじめに。なんて言ってるの？」

「どこが弱くて、どこが強いか教えてくれてる」レベッカはふり向き、島の向こうの西の方角、湖が広がっている灰色《はいいろ》のかなたを見わたして、話をつづけた。「歩いても安全なところと、氷が割《わ》れそうなところを教えてくれるの」

レベッカはわたしを見た。

「地図をつくってるの。歩くには氷が薄《うす》すぎる場所にしるしをつけてる」

地図。

そのための地図だったんだ。

なるほど。

レベッカは、わたしが持っているポテトの袋《ふくろ》に目をやった。「ケチャップを持ってきてくれた？」


サミュエルはポテトを食べたあと、ブランケットにもぐりこむと、すぐに眠《ねむ》ってしまった。

レベッカとわたしは、赤く燃《も》えているたき火のそばにすわった。

「今日はいい日だった」レベッカが言った。「いい日なんて、もう過《す》ごせないかと思ってた」

沈黙《ちんもく》が流れ、わたしたちは炎《ほのお》を見つめていた。

たき火がパチパチと音をたてている。

郵便はがき

料金受取人払郵便

麹町局承認

1109

差出有効期間
2025年5月
31日まで

（切手をはらずに
ご投函ください）

102-8790

206

（受取人）
東京都千代田区九段北
一—十五—十五
瑞鳥ビル五階

静山社 行

住所	〒 都道府県		
フリガナ		年齢	歳
氏名		性別	男 女
TEL	（ ）		
E-Mail			

静山社ウェブサイト www.sayzansha.com

愛読者カード

構読ありがとうございました。今後の参考とさせていただきますので、ご協力を
願いいたします。また、新刊案内等をお送りさせていただくことがあります。

本のタイトルをお書きください。

この本を何でお知りになりましたか。
新聞広告(　　　　　　　　　　　　　新聞)　2.書店で実物を見て
図書館・図書室で　4.人にすすめられて　5.インターネット
その他(　　　　　　　　　　　　　　　　　　　　　　　　)

お買い求めになった理由をお聞かせください。
タイトルにひかれて　2.テーマやジャンルに興味があるので
作家・画家のファン　4.カバーデザインが良かったから
その他(　　　　　　　　　　　　　　　　　　　　　　　　)

毎号読んでいる新聞・雑誌を教えてください。

最近読んで面白かった本や、これから読んでみたい作家、テーマを
書きください。

本書についてのご意見、ご感想をお聞かせください。

ご記入のご感想を、広告等、本のPRに使わせていただいてもよろしいですか。
下の□に✓をご記入ください。　□ 実名で可　□ 匿名で可　□ 不可

ご協力ありがとうございました。

「わたしが見つけた、あのコイン。あなたのコインだけど。日付が刻《きざ》まれてた。年が」

レベッカはうなずいた。

「一九四二年」とわたしはつぶやいた。

レベッカは、わたしにほほえみかけた。「なんの年だと思う?」

「わかんない。レベッカたちといっしょにいるとき、自分がどこにいるのかも、わかんない」

わたしは炎《ほのお》を見つめた。

「わかってるのは、ふたりが家からすごく遠くにいるってことだけ」

レベッカは悲しそうにうなずいた。そして、話しはじめた。

「わたしたちは道に迷《まよ》ってるの。サミュエルとわたしは、安全な場所、かくれる場所をさがしてるうちに、時間のなかにふらっと迷《まよ》いこんじゃったみたい。この島は――」レベッカは言いかけて笑い出した。

ひとつ大きく息を吸《す》い、話をつづける。「この島……この島は、夏にはかくれるのにいい場所だったの。だれもここには来なかった。わたしたちがここにいることを、だれも知らなかった。だれもこの島には来られなかった。わたしたちは昼間は眠《ねむ》って、起きたらべリーをつんだ。夜には、わたしは岸辺の林にかくれて、魚を捕《つか》まえようとした。わたしたちはここで過《す》ごすつもりだった。ここですわって、ここで眠《ねむ》って夢《ゆめ》を見て、戦争が終わるのを待つつもりだった」

「そして冬になった」

「そう。湖は凍《こお》りついた。ということは、だれもが氷を歩いてわたれる。だれに見つかってもおかしくない。犬たちは氷をわたって、わたしたちを追跡《ついせき》できる。氷はこの島と陸地を、この島と世界を結ぶ懸《か》け橋《はし》になってる。すべてがまた、つながってしまったの」

「でも、この冬を乗り切ることができれば、氷が溶《と》けるまで持ちこたえることができれば、また安全に過《す》ごせるよね」

「そうかもしれない。そうじゃないかもしれない。あの犬たちを見たでしょ。わたしたちがここにいることを知っている。岸辺の雪のなかに銃《じゅう》の薬きょう［弾丸〔だんがん〕を発射〔はっしゃ〕させるための火薬をつめた容器〔ようき〕］が落ちてた。ライフルを持った兵士《へいし》たちを岸に配備《はいび》してるんだと思う。狙撃兵《そげきへい》を」

「いまは安全だよ。いまこの瞬間《しゅんかん》は。今夜は」わたしは言った。

レベッカはうなずいた。そしてわたしを見て、炎《ほのお》の向こうからじっとわたしの目を見つめて、言った。「カーラ、あなたがここにいてくれるときは、安心できるの。理由はわからないけど。あなたが勇気をくれるおかげかも。なぜかわたしたちを見つけてくれたし、あなたがいい人だからかも。わたしはあなたを信じてる。この世界に善良《ぜんりょう》な人たちがいるのなら、わたしたちは生きのびられるかもしれない」

「これからどうなるのかな」わたしはつぶやいた。

レベッカは空を、星を見上げた。

「飛行機が飛んでくる。たぶん、イギリスの飛行機。湖の上のあそこで失速して、氷の上に不時着することになる。でも、故障《こしょう》を修理《しゅうり》する前に飛行機のところまで行ければ、わたしとサミュエルも乗せてもらえるかもしれない。わたしたちはイギリスに行けるかもしれない」

なにか重大なことを理解《りかい》する分かれ目に立っている気がした。けれど、その分かれ目は崖《がけ》っぷちで、断崖《だんがい》の向こうには暗闇《くらやみ》がある。わたしはそこに落ちるのがいやだった。それは、レベッカがなにをどうやって知ったのか、そしていつまで生きて、いつ死ぬのかということにかかわる話だった。

自分でも気づかないうちに、質問《しつもん》が口をついて出ていた。

「その飛行機のこと、なんで知ってるの？　失速するって、なんで知ってるの？」

「知ってるから。見たから」

炎《ほのお》の奥《おく》から、レベッカはわたしを見ていた。その目には涙《なみだ》が光っている。

「わたしは氷の上ですべって転んだから」

28

レベッカは氷の上ですべって転んだ。ひっくり返った。背中《せなか》を痛《いた》めた。一瞬《いっしゅん》息が止まり、呼吸《こきゅう》ができなくて、その場に倒《たお》れていた。

暖《あたた》かさを感じた。おかしな話だ。この年でいちばん寒い夜だったのに。凍《こお》った湖の上にあおむけに倒《たお》れて、澄《す》んだ夜空の星を見上げながら、暖《あたた》かく感じていた。

なんて不思議なことだろう。

見える星の名前を言おうとした。それらの星の名前を思い出そうとした。なのに、なにかが欠けていた。レベッカはどんどん弱っていった。

今日はどれだけのあいだ氷の上にいたのか、思い出そうとした。四時間？　三時間？

その時間の分だけ、たき火から離《はな》れていたことになる。その時間の分だけ、野営地《やえいち》とブランケットという、弟と分かち合っている暖《あたた》かさから離《はな》れていたことになる。この氷の上で、低体温症《ていたいおんしょう》で死ぬのだろうかと思った。

とにかく動けなかった。動くだけの力がなかった。だから空を見上げて、星に願いをかけた。適当《てきとう》に星をひとつ選び、願いごとをした。

すると、飛行機の音がきこえてきた。湖の上を低空飛行で近づいてくる。レベッカの真上に広がる空で、エンジンが停止《ていし》した。

イギリスの飛行機だ、とレベッカにはわかった。サミュエルはこういうことにくわしくて、あとでレベッカが説明したとき、それは偵察機《ていさつき》だよ、と言っていた。

でも、その飛行機は、エンジンの一基《き》が停止《ていし》していた。壊《こわ》れていた。翼《つばさ》の上で風がヒューヒュー鳴っている。

飛行機は低空を自由に滑空《かっくう》してきていて、氷を滑走路《かっそうろ》がわりにして湖に着陸するつもりなのだ、とレベッカは気づいた。そうする以外に、どんな選択肢《せんたくし》がある?

レベッカは笑った。

そして、おまじないで指を交差させ、ひたすら幸運を祈《いの》った。

「爆発《ばくはつ》が起きるのを覚悟《かくご》してたんだ。そこに横たわって、墜落音《ついらくおん》がきこえるのを待った。でも、なにも起こらなかった。うまくいったの。彼《かれ》らは飛行機を氷の上に着陸させてた。しばらくすると、飛行機がまた飛び立つ音がきこえた。彼《かれ》らは飛行機を修理《しゅうり》して……国に帰っていったんだと思う。

わたしは起き上がろうとしたけど、できなかった。動けなくて、ただ全身に暖《あたた》かさを感じて……」

そうしたら、光が見えたの、とレベッカはつづけた。

キャンドルの光。

頭を横に向けて、氷に頰《ほお》をつけた。西のほうを見ると、氷の上に木の桟橋《さんばし》がせり出している。ふたりの若者《わかもの》、もしかしたら子どもが、桟橋《さんばし》の端《はし》に腰《こし》かけていた。子どものひとりが、火を灯《とも》した一本のキャンドルを持ち、もうひとりは火が消えないように風から守っている。

「その子たちの顔は、ぼやけて見えた。はっきり見えなかったの。ひとりは、黒髪《くろかみ》の女の子。もうひとりは、女の子よりちょっと年上の男の子で、短い金髪《きんぱつ》だった。暗闇《くらやみ》のなかでキャンドルをかかげて、短い木の桟橋《さんばし》にすわってるふたりの子ども。わたしに見えたのはそれだけ。だけど、希望を感じたの。心が晴れていくみたいだった。

やがて、キャンドルが消えた。

わたしは暗闇《くらやみ》のなかで目を覚ました。完全な真《ま》っ暗闇《くらやみ》のなかで。だけどポケットにマッチがあったから、それを擦《す》って明かりを灯《とも》すと、わたしはここ、この野営地《やえいち》のなかにいたの。サミュエルは生きていて温かくて、わたしのとなりで眠《ねむ》ってた」

わたしはうなずいた。レベッカの話はそれで終わりだった。わたしたちはいまもたき火を囲《かこ》んですわっていて、サミュエルは眠《ねむ》ったままだ。レベッカは炎《ほのお》を見つめている。

「夢《ゆめ》だったんだね」とわたしは言った。

レベッカは、ぴくりとしたようだ。「ちがう。これから起こることの幻影《げんえい》」

レベッカは本気で信じているんだ。

そのあとに訪《おとず》れた沈黙《ちんもく》のなかで、わたしはひそかに思った。希望だ。

それは希望だ。氷の上で失速した飛行機は、希望だ。救出《きゅうしゅつ》への希望。脱出《だっしゅつ》への希望。

「何度もくり返してるの。この出来事が。その飛行機の幻影《げんえい》が。同じ光景をくり返し見てるのよ。針飛《はりと》びしたレコードみたいに」

つまり、ループしているみたいに、とわたしは思った。

「わたしは空に飛行機を見て、氷の上に横たわりながら、どうすればあの飛行機にたどり着けるのか、考えようとしてる。サミュエルをおんぶしていけばいいのかもしれない。それか、ひとりで飛行機のとこまで行って、どうにかして待っててもらえばいいのかも。でも、わたしは動けないし、立ち上がれない。その場に凍《こお》りついてるの」

「ただの夢《ゆめ》だよ」わたしはばかなことを言ってしまい、レベッカはキッと目を光らせてにらんだ。

「ちがう。信じて。あの飛行機は来るはずだし、わたしはそれに乗りたいの」

「ごめん」

レベッカはうなずいた。「もしもわたしになにかあったら。氷の上に飛行機が着陸したとき、わたしがここにいなかったら、たのみたいことがあるんだけど」

「たのみって?」

「弟をあの飛行機に乗せてあげて」

「わかった」

「約束してくれる?」

もしもレベッカが正しくて、飛行機が本物だったら、そうするつもりだ。

「約束する」とわたしは答えた。

29

つぎの日、わたしは旧市街《きゅうしがい》の骨董品《こっとうひん》店をまた訪《おとず》れた。今回は、石畳《いしだたみ》の通りに入ると、店内に明かりが灯《とも》り、ドアには〝営業《えいぎょう》中〟の案内が出ているのが見えた。

カウンターに、あのおじいさん、アルバートさんの姿《すがた》があった。生きてたんだ。じゃあ、だれが亡《な》くなったんだろう。

わたしはお店に入った。ドアの上のベルがチリンと鳴る。

アルバートさんは、わたしだと気づいた。

「また来たね」と声をかけてきた。

受取証《うけとりしょう》は持ってきている。わたしはそれをカウンターに置いた。そして単刀直入に切り出した。

「コインを返してください。昨日、受け取りに来たんだけど、お店が閉《し》まってて」

「そうか。すまなかった……家族を亡《な》くしたものだから」

「残念です」そう言ったけど、形ばかりのお悔《く》やみだ。

「犬だよ」アルバートさんはわたしの後ろを指さした。

ふり向くと、つい先週ここで見たばかりの小型犬《こがたけん》がいた。そのときは生きていたけど、いまはちがう。そこには、あの犬にそっくりの彫像《ちょうぞう》があった。ビロードのクッションの上に身を丸め、前足の上からガラスの目でわたしを見ている。ちょっと昼寝《ひるね》しようとたったいますわりこんだみたいに、世界中を見つめている。

「ピエールという名前だった」アルバートさんは悲しそうだ。

「残念です」今度は本気でちょっと思っていた。

「いい年だったからな」お悔《く》やみなんていらないというように、アルバートさんは手をふった。「もうずいぶん前から覚悟《かくご》はしとったんだ。それでも、二日間は休みを取った。つまり、きみのコインの価値《かち》を調べることが、まだできてなくてな。あと二日預《あず》からせてもらえたら、きっと見積りを——」

「見積りなんていらない」わたしは話をさえぎった。「とにかく返してください。わたしのものなんだから」

しばらくのあいだ、アルバートさんは眼鏡越《めがねご》しにわたしを見つめていた。その眼鏡《めがね》は古くてちょっとひびが入っていて、よく見るとセロハンテープで修繕《しゅうぜん》してあった。

「もちろんだとも」そう言うと、アルバートさんはわたしに背《せ》を向けた。そして作業台の上のものをごそごそさぐりはじめた。

「あったよ」二本の指でコインをはさみながら、またこっちを向いた。

わたしのコイン。レベッカのコイン。わたしは手をのばした。

「ちょっと待った」ふたりのあいだにあるガラスのカウンターの上に、アルバートさんはコインを立てた。

そして、コインを回転させた。

「これはべつの時代、べつの場所でつくられたものだ」

わたしは回転するコインを見つめた。そのあいだも、アルバートさんは話しかけてきた。その声は静かで、おだやかで、心を落ち着かせた。催眠術師《さいみんじゅつし》の声だ、とわたしは思った。

「時間というものは、一本の川だ。凍《こお》った川で、われわれはその上を歩いている。だが、われわれと過去《かこ》を隔《へだ》てている氷の層《そう》は、紙のように薄《うす》い」

コインはゆっくり回転しながら、ぐらぐらしはじめ、さっきまでよりも大きな音をたてている。アルバートさんは話をつづけた。「時には、氷の向こうがほとんど透《す》けて見えることもありうる。氷が割《わ》れることも。過去《かこ》に落ちることも。そのふちに沈《しず》んで、溺《おぼ》れてしまうことも」

コインは、ぐるんと回って止まった。

しばらく店内はしんとしていたけれど、やがて時計の音がきこえた。一時だった。壁《かべ》にずらりとならんだたくさんのアンティーク時計が、いっせいに鐘《かね》を鳴らして時を知らせている。あらゆる種類のさまざまな金属音《きんぞくおん》を響《ひび》かせて。心地《ここち》よい音もあれば、透《す》き通《とお》った高い音もあり、制御《せいぎょ》する機械が壊《こわ》れているか傷《きず》ついているのか、ゆがんだ音もあった。

鐘《かね》がやみ、古いピアノを弾《ひ》いたときの小さくなっていく和音みたいに、その音はあたりにしばらく響《ひび》いていた。

「あの湖で、だれかを見たかね?」

わたしはアルバートさんを見た。答えなかった。答えられなかった。

だけど、答えないことが、わたしの秘密《ひみつ》をもらした。

レベッカの秘密《ひみつ》をもらした、ということになるかもしれない。

「だれかを見たのかね？　あそこで、湖の上で、だれかと会わなかったかね？　ここになじんでいないように見えるだれかと？　ここにいるべきではないだれか、ことによると、この時代にいるべきではないだれかと？」

この人は知っているんだろうかと思いながら、わたしは口をあけてアルバートさんを見ていた。わたしの顔に浮《う》かんだおどろきの表情《ひょうじょう》に気づいたんだろう、カウンターから身を乗り出して、わたしを見つめている。この店主の眼鏡《めがね》に映《うつ》る自分の顔が、ぼんやり見えた。「だれを見たんだ？」とても静かな声だった。「女の子だろう？　きみぐらいの年ごろの女の子じゃないか？」

わたしは落ち着きを取りもどした。「ううん。だれも見てません。湖ではだれも見てない。かわった人はだれも、ってことだけど」

アルバートさんはうなずいた。がっかりした様子で、悲しそうにさえ見える。そして、すこし身を引いて言った。

「遠い昔、まだ子どもだったころ、あの湖でまぼろしを見たんだ。幽霊《ゆうれい》のような発光を。冬の低い陽射《ひざ》しと空気中の氷が、奇妙《きみょう》に組み合わさったものだったのかもしれない。だが、人間みたいに見えた。ふたりの子どもだ。そりにすわっている少年。それを引いている少女」

レベッカとサミュエルだ、とわたしは思った。

「ところが、彼《かれ》らは消えてしまった」アルバートさんはつづけた。「こっちが一歩近づくと、ふたりはいつも消えてしまってね……そしてある日、私《わたし》にはその子たちの姿《すがた》がもう見えなくなった。それでも毎年、冬になると彼《かれ》らをさがしに行ったよ。あの湖が凍《こお》ったときはいつも」

アルバートさんは悲しそうにほほえんだ。

「悪いことは言わん、凍《こお》った湖の上は注意して歩くんだぞ。こんな冬には、湖は容赦《ようしゃ》してくれない。氷があまりに薄《うす》すぎて、スズメ一羽《わ》がとまっただけでも割《わ》れてしまうような場所もあるからな」

30

その夜、レベッカはあの森でわたしを待っていた。もう何度歩いたかもわからない雪のなかの道を進むと、そこにレベッカがいた。一本の木の後ろから、ひょこっと出てきた。

「カーラ」

「わたしたいものがあるんだ」コインを取り出し、レベッカにわたした。「ちょうどここで見つけたんだよ。雪のなかに」

レベッカはなにも言わなかった。手のひらにのせたコインをじっと見つめている。

「どうかした？　だいじょうぶ？　……喜《よろこ》んでくれると思ったんだけど」

レベッカの顔を涙《なみだ》がつたい落ちた。

「あなたと出会う前ならね。あなたと出会う前なら、これを取りもどせて喜《よろこ》んでいたかもしれない。だけど、カーラ、あなたのおかげで、わたしはずっと強くなれた」

こぶしをつくってコインを握《にぎ》りしめた。

「こんなもの、必要ない。いらない。大きらい。こんなの、なくても生きていける」

レベッカはふり返って腕《うで》を後ろに引くと、邪悪《じゃあく》な象徴《しょうちょう》が刻《きざ》まれたコインを空中に放り投げた。コインは遠くへ飛んでいき、雪のなかのどこかに落ちた。

コインはまた失われた。

コインは価値《かち》を失った。

わたしたちはお互《たが》いを見つめ、レベッカはわたしを抱《だ》きしめて、頬《ほお》にキスをした。

「カーラ」レベッカは言った。「あなたはわたしの親友だよ」

「わたしが?」

「うん。世界一の。宇宙《うちゅう》一の」

世界一の。

宇宙《うちゅう》一の。

こんなことを言ってくれる友だちは、これまでひとりもいなかった。心のなかで花火が上がってるみたいだった。


わたしたちはたきぎを集め、両手がいっぱいになると、島にもどりはじめた。

氷を半分ほどわたったところで、湖の暗闇《くらやみ》から物音がして、わたしたちは立ち止まった。

ききまちがえようのない音。

氷が割《わ》れる音だ。

「だれかが湖に落ちたと思う?」

「ううん」レベッカは答えた。「シーッ……きいて」

氷がさらに割《わ》れる音がした。

静寂《せいじゃく》。

「だれか落ちたかも」

「ううん」とレベッカはまた答えた。「ここにはだれもいない。わたしたちだけだよ」

湖の上に覆《おお》いかぶさっているような闇《やみ》をのぞきこむと、レベッカの言うとおりだとわかった。ここにいるのは、わたしたちだけだ。ほかの存在《そんざい》の気配も音もない。

足の下の氷を見て、ここは割《わ》れないかなと心配になった。

レベッカは氷の上にたきぎを降《お》ろした。

「やることがある。氷の割《わ》れたところを見ておかなきゃ。その場所がどこか、確《たし》かめておかないと」

「危《あぶ》ないよ」

「わかってる。地図のために必要なの」

「気をつけて」

「氷のことなら、わかってるから」レベッカはちっとも怖《こわ》がっていないようだ。回れ右をして、すべっていってしまう。見にいっても自分は安全だと知っているみたい。とにかく今日のところは、ここで自分が被害《ひがい》を受けることはないと知っているみたいだけど、どうしてわかるんだろう……。

そんなことをあれこれ考えているうちに、レベッカがもどってきた。

「行こう」レベッカは氷の上からたきぎを持ち上げた。

「氷の割《わ》れたところは見えた?」

「うん」と答えたけれど、レベッカはわたしを見ようとせず、島に向かって急いで進んでいく。置いていかれないよう、わたしはあわててあとを追った。島までもどるあいだずっと、レベッカはこっちを見ようとしなかったし、ひと言もしゃべらなかった。

なにかがおかしい。

レベッカは、わたしにかくしていることがある。

わたしに話すのを恐《おそ》れていることが。

ふたりのあいだの沈黙《ちんもく》はどんどん長引き、わたしは弱気になって、孤独《こどく》を感じた。なにがあったのかとたずねる勇気もない。

とつぜん、レベッカはぴたっと止まった。わたしも止まって、レベッカが話すのを待った。

「わたしが湖に落ちたら、あなたはどうする？」レベッカはきいた。

「え？」

「たったいま、もしも氷が割《わ》れて、わたしが落ちたら、あなたはどうする？」

「助けを呼《よ》びにいく」

「でも、それはできないよ、カーラ。助けは呼《よ》びにいけない。わたしのためにも、サミュエルのためにも。わかってるでしょ。わたしたちのことは、だれにも知られるわけにはいかないんだから」

「でも、生きるか死ぬかの問題だし」

「生きるか死ぬかの問題なのは、いつものこと」

いつ、い、い、いつものこと。

「ほかにだれもいない。助けは呼《よ》べない。あなただけ」レベッカは言った。

わたしが湖に落ちたら、あなたはどうする？

わたしは足下《あしもと》の氷を見つめ、考えた。

「ひとりで引っぱり上げようとするのは危険《きけん》すぎる。わたしの足下《あしもと》の氷も割《わ》れて、ふたりともまずいことになるかもしれない。ふたりそろって溺《おぼ》れちゃう」

「うん」

「でも、わたしたちにはそりがある。岸辺の木にロープをつないで、そりをあなたのところまで押《お》していく。あなたがそりをつかめたら、引っぱり上げることができるかも」

レベッカはうなずいた。この答えに満足し、喜《よろこ》んでさえいるようだ。長いあいだずっと頭を悩《なや》ませてきた難問《なんもん》に、わたしが答えを出したというみたいに。

31

北岸の売店に食べ物を買いにいくとき、わたしはスマホのライトで湖を照らして、ひび割《わ》れているところがないかさがしたけど、氷は無事だった。岩石の上をすべっているようなものだ。

もどったとき、野営地《やえいち》にはサミュエルひとりだった。たき火は消えかけている。眠《ねむ》っていたのだろう。

「レベッカはどこ?」わたしはたずねた。

「カーラといっしょじゃないの?」サミュエルは起き上がり、目をこすって眠気《ねむけ》を覚まそうとしている。

わたしたちが森で集めたたきぎが、そばにつんである。レベッカはここに来たけど、たき火の様子は見ようともしなかったのだ。そりがなくなっている。

レベッカは、あわててどこかへ行っちゃったみたい……。

食べ物の袋《ふくろ》をわたすと、サミュエルは食べはじめ、わたしは火の世話に取りかかった。灰《はい》を掘《ほ》り出《だ》して、夜どおし燃《も》えるようたきぎを組み上げていく。

満腹《まんぷく》になるとサミュエルはまた横になり、眠《ねむ》りに落ちていくのを見守りながら、わたしはレベッカの帰りを待った。サミュエルはおでこにうっすら汗《あせ》をかき、震《ふる》えている。風邪《かぜ》をひきかけているのかも。

体を暖《あたた》めてあげたほうがいいかもしれない。

サミュエルの横にもぐりこみ、ブランケットの下で寄《よ》り添《そ》った。サミュエルは夢《ゆめ》を見ていた。眠《ねむ》りながらときどき、むにゃむにゃ言っている。

ブランケットの裏地《うらじ》に名前が刺繍《ししゅう》されているのに気づいた。その縫《ぬ》い目《め》を指でなぞり、ゆらめく火明かりのなかで、名前のつづりをひとりつぶやいた。

〝リーダーマン〟。

やがてサミュエルの腕《うで》が首に回され、わたしも眠《ねむ》りに落ちた。

おでこに汗《あせ》をかいて目を覚ました。どれだけの時間が過《す》ぎたんだろう？　サミュエルはとなりで眠《ねむ》っていて、温かい体を寄《よ》り添《そ》わせて、わたしの肩《かた》に頭をのせている。わたしは夜の静寂《せいじゃく》に耳を澄《す》ました。

遠くで氷がきしんでいる。

歌っている、とレベッカなら言うだろう。氷が歌っている。

わたしは、がばっと身を起こし、あたりを見回した。レベッカはまだ帰ってきていない。

そりはなくなったままだ。

起こさないようにしながら、サミュエルの下から這《は》い出《で》た。

レベッカをさがさなきゃ。

32

なにかがおかしい。氷の上に踏《ふ》み出《だ》したとたん、それがわかった。

湖が変化していた。

というよりも、世界が変化していた。

さらに暗くなっている。

わたしは氷にストックをつきながらすべり、岸辺の草深い森へともどっていった。ところが、あの森までもが変化していた。

街明かりが消えている。北岸の湖にのしかかるように立っている高層住宅《こうそうじゅうたく》もない。雲の下に湖の白さが広がっているだけだ。

いつも森に入る岸の近くで立ち止まっていたけど、森はかつてないほど暗く荒《あ》れ果《は》てて見える。

なんだか怖《こわ》い。

空に光が見えた。幕電《まくでん》［遠雷（えんらい）によって雲全体が光って見える現象（げんしょう）のこと］みたいな遠い閃光《せんこう》のあとに、低くとどろく爆発音《ばくはつおん》が連続した。

ここがどこかわかった。

わたしはレベッカの世界にいる。レベッカの時間に。

戦争のさなかに。

いまこのとき、本物の戦争が起きている。

遠い閃光《せんこう》と、あとにつづく低い音は、ほんの数キロ先にある街に爆弾《ばくだん》が投下されているせいだ。爆弾《ばくだん》がどんどん投下されて、ひっきりなしに爆発《ばくはつ》がくり返され……。

爆弾《ばくだん》が雷《かみなり》のように落ちた。

爆撃機《ばくげきき》千機による空襲《くうしゅう》だ。

わたしはじっと見つめていた。

そのうちに静寂《せいじゃく》が訪《おとず》れ、爆弾《ばくだん》は落ちてこなくなり、東の空が赤とオレンジに燃《も》え上《あ》がった。

わたしの足下《あしもと》の氷が奇妙《きみょう》なきしみを上げた。

すると、空からべつの音がきこえてきた。

エンジンの音。

雲のなかから、イギリスのランカスター爆撃機《ばくげきき》が飛び出してきた。エンジン四基《き》の音を響《ひび》かせて、国に帰ろうとしている。プロペラで風をかき回しながら、低空を飛んでいる。

空飛ぶ黒い怪物《かいぶつ》だ。

高射砲《こうしゃほう》がランカスターにねらいをつけて射撃《しゃげき》している。対空砲《たいくうほう》の赤い曳光弾《えいこうだん》が進路を横切っていったけれど、ランカスターは無事に通りぬけた。

爆弾倉《ばくだんそう》の黒い口が開け放たれ、いつでも使える状態《じょうたい》になり……。

わたしは目を見開いて、その場に凍《こお》りついた。ランカスターはわたしの真上を飛んでいき、最後のひとつのはぐれた爆弾《ばくだん》が爆弾倉《ばくだんそう》から落下してきた。

地上に落ちてくる黒点となって。

音もなく。

加速しながら。

爆弾《ばくだん》が落ちてきた。

湖に着弾《ちゃくだん》し、氷の地面に穴《あな》をあけた。

爆弾《ばくだん》は水のなかに落ち、見えないところへ沈《しず》んでいく。

水中に閃光《せんこう》が走った。氷の下で湖全体が光に照らされた。

深いところから、爆発《ばくはつ》の衝撃《しょうげき》が上へと伝わってくる。

氷が割《わ》れ、五十メートル先で無数の破片《はへん》を飛び散らせた。空中に水が噴《ふ》き上《あ》がる。噴水《ふんすい》のように。降《ふ》り注《そそ》ぐ水の塔《とう》は、わたしにも水を降《ふ》り注《そそ》いだ。

わたしは人工の雨のなかに立《た》ち尽《つ》くし、震《ふる》えていた。

小さな流れが、わたしの足元に氷を押《お》し流《なが》してきた。

いままでわたしを支《ささ》えていた氷が、波に洗《あら》われている。

湖への恐怖《きょうふ》がよみがえってくる。手を入れるのも痛《いた》いほどの冷たい水と、そこで溺《おぼ》れかけた恐《おそ》ろしい記憶《きおく》が。

足下《あしもと》の氷が奇妙《きみょう》な音をたてた。

氷がうめいたようだった。

それから、きしんだようだった。

ギー――

キーキー――

ギー――

キーキー――

わたしは見おろした。微小《びしょう》な亀裂《きれつ》がクモの巣みたいに広がっていく。

やばい、とわたしは思い、頭のなかで自分がそう言うのがきこえた。その瞬間《しゅんかん》、回れ右をして走り出す――というより、すべり出す――全速力で、これまでにない速さで、割《わ》れかけている氷から遠ざかり、岸をめざして。自分と湖にあいた穴《あな》との距離《きょり》を、できるだけ広げようとした。

氷が割《わ》れるのよりも速く進もうとした。

頑丈《がんじょう》な氷までたどり着こうと……。

向こうのほうに、岸がちらりと見えて……。

わたしはすべりつづけ……。

けれど、湖はわたしより速かった。

すぐ後ろで、氷がひび割《わ》れて……。

氷がひび割《わ》れて……。

氷がひび割《わ》れて……。

気づいたときには、水のなかだった。

33

丸ごと飲みこまれる。そんな奇妙《きみょう》な感覚を味わった。

生きたまま飲みこまれていく。

足の下で氷が割《わ》れ、わたしはその穴《あな》を通りぬけた。あまりにあっという間の出来事で、考えるひまもなかった。

考えるひまもなく、冷たさに衝撃《しょうげき》を受け、水中であえぐ。あえいだときに、肺《はい》に残っていた最後の息まで吐《は》き出《だ》してしまった。

最後の酸素《さんそ》を。

身をよじろうとしたけれど、支《ささ》えになるものがなにもない。体を下に押《お》し下《さ》げるものも、上に引き上げるものもない。どっちが上でどっちが下かもさっぱりわからず、光もなく、あるのは暗闇《くらやみ》と口に入った水の金属的《きんぞくてき》な味だけだ。

わたしは沈《しず》んでいった。

奇妙《きみょう》な音がした。それがなんの音なのか、どこからきこえてくるのか、すぐにはわからなかった。けれど、音の出どころは自分だと気づいた。

わたしは水中で叫《さけ》んでいたのだ。

氷の穴《あな》から、手が差しのべられた。

それが見えて――わたしはそこに手をのばした。

遠すぎる。届《とど》かない。

暗い水のなかで足を蹴《け》って、ほんのちょっと浮上《ふじょう》する。差しのべられた手もすこし下へのばされ、おかげでさらに距離《きょり》が縮《ちぢ》まり、わたしは暗い水の下をもう一度蹴《け》ると……

その手をつかんだ。レベッカはわたしを引っぱり上げた。

34

わたしは目を覚ましたけど、まだ頭がぼんやりしていた。寒くて震《ふる》えていたけど、全身に暖《あたた》かさも感じていた。すぐそばで炎《ほのお》がパチパチ音をたてている。煙《けむり》のにおいがして、目をあけると、たき火とその向こうにサミュエルとレベッカの顔が見えた。

わたしは生きていた。

野営地《やえいち》のなかにいた。ママのお古の青い冬物のコートにつつまれている。

湖からレベッカが助けてくれた。レベッカと、サミュエルにあげたそりが。あのそりがなければ、レベッカの手はわたしに届《とど》かなかったはずだ。レベッカの足下《あしもと》の氷も割《わ》れて、ふたりとも溺《おぼ》れていただろう。岸辺の木に結んだ長い引《ひ》き綱《づな》がなければ、そりに体を引き上げることもできず、やっぱりふたりとも溺《おぼ》れていただろう。

だけど、わたしはここにいる。そしてレベッカはここにいて、火の番をしている。

サミュエルもいて、わたしが首からさげていたホイッスルをまじまじ見ている。氷から落ちたとき、そのホイッスルを使う余裕《よゆう》はなかった。溺《おぼ》れはじめる前に、ホイッスルのことを考えるひまもなかった。

わたしの服はたき火の熱で乾《かわ》かしているところで、火のまわりを囲《かこ》んで立てた棒《ぼう》にかけてある。ジーンズからうっすら蒸気《じょうき》が上がっているのが見えた。

古くて青いコートのなかには、下着しか身につけていないことに気づいた。だけど、氷の下に落ちたら、そうするべきなのだ。冷たい空気のなかでは、びしょぬれになった服も体も絶対《ぜったい》に乾《かわ》かない。服を着たままだと低体温症《ていたいおんしょう》になって、寒さで体の機能《きのう》が停止《ていし》してしまう。

あの青いコートがあってよかった。なかは暖《あたた》かく、毛皮で覆《おお》われていて、コートというより寝袋《ねぶくろ》みたい。わたしはふたたび眠《ねむ》りに落ちた。

火明かりのもとでレベッカとサミュエルが静かに話している言葉を、わたしはうつらうつらと、ぬくもりにつつまれながら耳にしていた。ふたりの声が、きこえてきては消えていく。遠くにきこえることもあれば、近くにきこえることもあった。サミュエルは靴下《くつした》を繕《つくろ》っている。レベッカは火にかけたかたむいたお鍋《なべ》で雪を溶《と》かしている。

生きのびることと未来のこと、それにわたしのことを話題にした長めの会話が、断片的《だんぺんてき》にきこえた。

サミュエルが言った。「あの子の服はインド製《せい》だって。知ってた?」

「うん。あと中国製《ちゅうごくせい》」レベッカが答えた。

ふたりはわたしの服のタグを見たのだろう。

「あの青いコート以外はぜんぶ。あのコートはスウェーデン製《せい》だって」とサミュエル。

「うん」

ママのコート。でも、これは八〇年代につくられたものだ。時代がちがう。

「あの子は、ぼくたちがそこに行くのを助けてくれるかな?」

「どこに?」

「スウェーデン」

「そうね」と言ったあと、レベッカは言い直した。「ううん。わからない」

「そこに叔母《おば》さんがいるんだよね」

「そうよ」レベッカはため息をついた。「スウェーデンに行けることが、どんなに待ち遠しいか」

ふたりはだまりこんだ。火にかけたお鍋《なべ》のなかで、ぶくぶくとお湯が沸騰《ふっとう》した。ごそごそする音に目をあけると、レベッカがお鍋《なべ》を火からおろし、サミュエルとふたりで飲むために、小さなブリキのカップふたつに、湯気をたてているお湯をなみなみと注ぐのが見えた。

スウェーデン、とわたしは思った。

ここはふたりが夢見《ゆめみ》ている場所なんだ。

ふたりが行きたいと願っているところ。

ふたりを助けなきゃ。


わたしは長時間眠《ねむ》っていた。もしかすると眠《ねむ》りすぎてしまって、サミュエルとレベッカは行ってしまったのかもしれない。わたしはハッと飛び起きた。

たき火はほとんど消えていた。正方形の小さな薪《まき》がひとつ、炭になって、赤い縁取《ふちど》りの黒い箱みたいに熱で光っている。そのまわりで、煙《けむり》がふくらんだり、へこんだりしながら、奇妙《きみょう》に渦《うず》を巻《ま》いていた。まるで、燃《も》え尽《つ》きた炭がもとの薪《まき》にもどっていくみたいだ。

時間が逆方向《ぎゃくほうこう》に流れているみたい。

きっと光のいたずらか、つかれているせいだ。

わたしの服は、首のないかかしみたいな枝《えだ》にかけて、たき火のそばで乾《かわ》かしてある。わたしは立ち上がって、服に触《さわ》ってみた。

乾《かわ》いている。わたしは古い青いコートを脱《ぬ》いで、そそくさと服を着た。

「レベッカ!」

「サミュエル!」

返事はない。レベッカはたきぎを取りにいっているのかもしれない。でも、サミュエルはどこ?

一瞬《いっしゅん》、飛行機が来たんだと思った。失速して氷の上に着陸するんだと、レベッカが話していた飛行機が。ふたりはさよならも言わずに、もう行っちゃったんだ。

そう思うと、がっくりきた。

勝手だとわかっているけど、まだ行かないでほしかった。ふたりに、ここにいてほしかった。

たき火から数メートル先にある木の下に、わたしのそりが寝《ね》かせてあるのが見えた。一歩近づくと、そりは雪に半ば埋《う》もれているのがわかった。

どれだけのあいだ、わたしは眠《ねむ》っていたの?

どれだけの時間が過《す》ぎたの?

ママ。

気持ちが沈《しず》んだ。

ママは電話をかけてきただろう。わたしをさがしているだろう。いまが何時なのかもわからない。ポケットのなかのスマホに手をのばしたとき、ますます気持ちが沈《しず》んだ。落ちこみすぎて、むかむかして、泣きたくなった。

湖の氷が割《わ》れたとき、スマホはポケットに入れてあった。

わたしといっしょに、スマホも水中に落ちたということだ。

ポケットからスマホを取り出した。画面が真っ暗だ。電源《でんげん》ボタンを押《お》して、祈《いの》るように待ったけど、なにも起きない。必死の思いで電源《でんげん》ボタンを何度も押《お》しつづけ、祈《いの》ったけれど、反応《はんのう》はなかった。

ママは電話をかけてきたかもしれない。わたしはどこに行ったのかと心配しているかもしれない。だとしても、それさえわからなかった。


湖では、世界が暗かった。空にそびえる高層住宅《こうそうじゅうたく》もない。

空は晴れていて、星でいっぱいだ。

氷の上に踏《ふ》み出《だ》し、歩きはじめる。

わたしは歩きつづけた。星を見ないで、顔を下に向けて、氷にひび割《わ》れがないか確認《かくにん》しながら。

十メートルか二十メートルおきに立ち止まり、湖の音に耳を澄《す》ました。レベッカみたいに、手足をついて氷に耳をあてることはしなかった。どのみち、なにをきけばいいのか、わからなかった。わたしはただ、氷が溶《と》けて割《わ》れそうなきざしがないか、耳を澄《す》ましていただけだ。

空に爆撃機《ばくげきき》の音がしないか、それにも耳を澄《す》ましていた。時間がまた錯覚《さっかく》を起こさせているんだろうか。わたしは時間のループのようなものにはまりこんでいるんだろうか。

わたしは何度もくり返し氷に落ちる運命なんだろうか。

すると、あるものに気づいた。氷に映《うつ》る、色のついた光の明滅《めいめつ》。遠くでかすかに光る虹《にじ》みたいで、わたしはその正体に気づいた。北岸の明かりだ。

街灯。

アブドゥルの売店。

木々のあいだで、チカチカとまたたくクリスマスの電飾《でんしょく》。

空に高層住宅《こうそうじゅうたく》が復活《ふっかつ》していた。

自分の時間にもどってきたんだ。

ポケットに手をのばして、スマホを取り出す。一度タッチすると画面が起動し、今夜レベッカに会うためにここに来てから、すこしも時間が過《す》ぎていないのがわかった。

すこしの時間も。

ママは電話をかけてきていなかった。わたしがいないことに気づいていないから、ママは電話をかけてこなかった。

ママは知らなかった。

レベッカとサミュエルと過《す》ごした時間は、なぜか護《まも》られ、隔《へだ》てられ、ほかのすべてから切《き》り離《はな》されていた。

時間を閉《と》じこめた島。

35

昼間は、なんてことのない島だった。

レベッカとサミュエルの足跡《あしあと》とか、ふたりがいまでもここにいるしるしが見つかることを期待して、わたしは明るくなるとすぐ島にもどった。けれど、野営地《やえいち》はからっぽで、たき火は消えていた。手袋《てぶくろ》をはずして、灰《はい》がつもってできたねずみ色の小山に手をあててみると、温かさはすこしも残っていなかった。まるで、火が消えてから何日もたっているみたいだ。

「レベッカ?」

「サミユエル?」

カラスが一羽《わ》、頭上の木から飛び立った。

何メートルか先に、雪に埋《う》もれたそりの輪郭《りんかく》が見える。

だけど、野営地《やえいち》にブランケットはまだ残っていて、手に取ってみると、レベッカが氷の地図を描《か》いたノートもあった。

じゃあ、ふたりはまだここにいるということだ。ふたりには、この地図が必要だから。レベッカが言っていた飛行機のところまで氷をわたっていくには、この地図が必要だ。

ノートのページをめくっていき、地図を見た。前に見たときよりも、地図の内容《ないよう》が理解《りかい》できる。この島がどこにあって、どこの氷がもろくて、どこが頑丈《がんじょう》なのか、レベッカのつけたしるしでわかった。わたしが氷から落ちた場所にも、もうしるしがついている。湖を西へ横切って飛行機まで行くという、レベッカが計画しているルートも読み取れた。

ノートをめくって最後のページを開いたとき、息をのんだ。

そこには、わたしがいた。

わたしが描《か》かれていた。

冬物の大きなコートのフードからのぞく、わたしの顔が。

絵のなかのわたしはほほえんでいなかったけど、その絵を見ているわたしはほほえんでいた。笑顔《えがお》にならずにはいられなかった。黒い鉛筆《えんぴつ》で描《か》かれた自分の顔を見つめながら、レベッカがここにすわって、火明かりの下で記憶《きおく》をたよりにわたしを描《か》いているところを思《おも》い浮《う》かべた。

わたしたちは本当に友だちなんだ。

わたしには本当に友だちがいるんだ。

ひと粒《つぶ》の雨が絵に落ちた。鉛筆《えんぴつ》で描《か》かれた頬《ほお》の上に。わたしは空を見上げた。灰色《はいいろ》の雨雲のかたまりができている。カラスが旋回《せんかい》している。天気がくずれそうだ。

刺《さ》すような冷たい雨の帯が湖を打ちはじめ、わたしは家に帰ることにした。痛《いた》いほどの冷たさに頬《ほお》を赤くしながら、風のなかをすべっていく。

岸はほとんど見えなかった。百メートル先なのに、雪と凍雨《とうう》に視界《しかい》をさえぎられてしまう。風が氷と雹《ひょう》を吹《ふ》きつけて、わたしの前に立ちはだかる壁《かべ》になった。

レベッカとサミュエルは、こんなひどい天気のときも、ここで暮《く》らしているんだ。

わたしにはできない。

ここで暮《く》らすことはできない。

でも、レベッカは暮《く》らしてきた。レベッカは生きぬいてきた。

生きのびることがすべてだった。

わたしは岸にたどり着いた。

レベッカは、生きのびるために戦ってきたんだ。


家に帰ると、紅茶《こうちゃ》のカップを窓台《まどだい》に置いて体を温めながら、嵐《あらし》が北東に曲がるのをながめていた。緑がかった奇妙《きみょう》な光が街を照らし、凍雨《とうう》は弱まってきた。やがて、雪を舞《ま》い上《あ》げる突風《とっぷう》がときおり吹《ふ》くだけになり、嵐《あらし》は過《す》ぎ去《さ》った。

暗闇《くらやみ》が訪《おとず》れるころ、わたしは望遠鏡をのぞいてレベッカをさがした。

レベッカは森のなかにいた。たき火に使う枝《えだ》や木切れを集めている。

いますぐ会いに行こう、とわたしは決めた。けれど、準備《じゅんび》しようと望遠鏡から目をそらしかけたとき、レベッカが不思議なことをするのが見えた。

レベッカは雪のなかにたきぎを降《お》ろすと、そばにある雪の吹《ふ》きだまりに踏《ふ》み入《い》った。そして、あおむけに倒《たお》れて、スノーエンジェルをつくった。それから立ち上がり、雪を払《はら》い落《お》とすと、たきぎをかかえて歩き去った。

どこが不思議かって？　レベッカがスノーエンジェルをつくるのをながめながら、この光景を前にも見たことがある気がしたのだ。はじめのうちは、デジャヴュというやつかと思った。でも、レベッカがべつのスノーエンジェルをつくるところを見たことがあったわけじゃない。わたしが言いたいのは、レベッカがこのスノーエンジェルをつくるところを、前にも見たということだ。まさにこのスノーエンジェルを、まさにこの場所で。考えれば考えるほど、この光景を前にも見たという確信《かくしん》が強くなった。

テレビの再放送《さいほうそう》を観《み》ているようなものだ。

まるでレベッカは、時間のループにとらわれているみたいだった。永遠《えいえん》のループに。

そういうことなのかもしれない。

時間が一本の川だというのなら、時間がぐるぐる回りながら、いつまでも溶《と》けることも消えることもない、そんな渦《うず》があってもおかしくない。あの島のまわりにも渦《うず》があって、その渦《うず》のなかには、時間が動かない場所があるのかもしれない。つまり、ループしている

――時間が何度もくり返している。まわりで進んでいく歴史《れきし》の流れから切《き》り離《はな》された、安全な場所。渦《うず》を取《と》り巻《ま》く自然の力に変化がないかぎり、損《そこ》なわれることのない聖域《せいいき》……。

それが事実だとしたら、レベッカは失速する飛行機を本当に見たんだ。何度もくり返し見てきたんだ。数えきれないほど経験《けいけん》してきたんだ。もう起きたことだから、なにが起きるか知っていたんだ。

ふたりは、その渦《うず》にはまりこんでいる。サミュエルとレベッカは、時間のなかにふたりぼっちで。

そう思うと、なんだか悲しくてたまらなくなった。

心がざわついた。

わたしはレベッカのことを思った。寒さにさらされながら、レベッカは同じことを何度もくり返している。そのさびしさを想像《そうぞう》しようとした。サミュエルの面倒《めんどう》を見て、夜はいっしょに丸くなって眠《ねむ》っていても、耐《た》えがたいほどのさびしさだろう。

だから、レベッカはスノーエンジェルをつくったのかもしれない。

ひとりぼっちにならないために。

レベッカとサミュエルに必要そうなものを、バックパックに詰《つ》めこんだ。ピーナッツバター、ビスケット、紙パック入りのジュース、ロールパン。レベッカのために清潔《せいけつ》なタオルと、ハンドクリームと古い手袋《てぶくろ》も詰《つ》めておいた。ほかにどんなことで力になれるだろう。

レベッカたちの無事を確《たし》かめて、安心したかった。

バックパックのファスナーを閉《と》じて、わたしは家を出た。

一階まで階段《かいだん》を使って下りた。氷点下の暗闇《くらやみ》に踏《ふ》み出《だ》す前に、体を動かして温めておきたかった。

ほかのことはなにも考えていなかった。危険《きけん》はないか、警戒《けいかい》さえしなかった。まっすぐロビーのドアをくぐって、夜のなかへと出ていった。

道の反対側にだれかが立っていて、ひとりで電子タバコを吸《す》っていた。ラーズだ。

ラーズはわたしに背中《せなか》を向けていたのに、ロビーのドアがあく音をきいて、こっちをふり返った。

わたしは立ち止まった。

「わ、わ、わたし、行かなきゃ」

つっかえながら言った。口ごもってしまうのが、たまらなくいやだった。おどおどしているのが、たまらなくいやだった。

ラーズがゆっくり近づいてくる。

「なら、行けよ」ラーズは言った。「行けって。ここを通っていけよ」

わたしは動けなかった。

動こうとはした。わたしが右に行くと、ラーズも右に行き、じゃまをした。わたしが左に行くと、ラーズも左に行き、道をふさいだ。

「ほら。どうした。ここを通れってば」

わたしはあきらめた。あとにしよう。

いったんもどって、またあとで出かければいい。

「おまえに話してるんだぞ、カーラ・ルーカス」

ラーズに背中《せなか》を向けて引き返すと、後ろから追いかけてくるのがわかった。足音と、ギャッ、ハ、ハというような声がした。そのあとは、もう追いかけてこなかった。わたしはドアにたどり着き、暗証《あんしょう》番号を入力した。

アパートのなかに入り、ドアのガラス越《ご》しにふり返る。

ラーズは雪のなかにひざをついていた。足をすべらせて、地面に手足をついたのだ。

ラーズは立ち上がり、こっちを見た。

どこもけがはしていないようだ。ただ、前にも増《ま》して怒《おこ》っている。

わたしはまたラーズに恥《はじ》をかかせちゃったんだ。雪玉を顔に命中させたときみたいに。

ラーズは恥《は》ずかしさに怒《いか》りくるっていた。こっちはラーズなんてどうでもいいと思っているのに。話したくもないし、仲良くなりたくもない。ある日ラーズがパッと消えてしまっても、すこしも困《こま》らない。わたしはとにかく相手をしたくなかった。ぜんぶ逆恨《さかうら》みだ。ぜんぶ自業自得《じごうじとく》だ。

なんで、こうなっちゃったんだろう。どうしたら、ほっといてもらえるんだろう。

ラーズがドアのほうにゆっくり近づいてくる。

ガラスの真ん前まで来た。

正面からわたしを見て、ゆっくり言う。

「暗証番号《あんしょう》は？　このドアの暗証番号《あんしょう》はいくつだ？」

わたしは首をふった。

「どれどれ。5、6、7、8か？」

ドアの横のキーパッドに5678と入力する。そしてドアをあけようと、ガタガタさせた。

だけど、ドアは施錠《せじょう》されたままだ。

「暗証番号《あんしょうばんごう》は？」

わたしはもう一度、首をふった。

ガラスからあとずさって、エレベーターのほうへもどる。

呼《よ》び出《だ》しボタンを押《お》した。エレベーターが降《お》りてくる音が、ずっと上のほうからきこえてきた。

「カーラ」外からラーズに呼《よ》ばれた。声がくぐもっている。むき出しのこぶしで、ラーズはドアのガラスをガンガン叩《たた》いた。

「見といたほうがいいぜ」

ラーズと目が合ってしまった。

「暗証番号《あんしょうばんごう》は」ラーズは言う。「1、3、9、2か？」

わたしは息をのんだ。1392、このドアの暗証《あんしょう》番号だ。

どうやったのかわからないけど、ラーズは番号を知っていた。

わたしはなにもできず、ラーズが番号を押《お》していくのをじっと見つめていた。

カチッという音がして、ラーズはドアをあけ、ロビーのなかに入ってきた。

その背後《はいご》で音をたててドアが閉《し》まった。

ラーズはロビーを横切って、わたしのほうへ歩いてくる。

わたしとラーズの身長は同じぐらいだ。でも、そんな気がしなかった。ラーズが近づいてくるにつれ、自分が縮《ちぢ》んでいくような気がした。小さくなったように感じたけど、どうせならもっと小さくなりたかった。

いますぐ、この場で消えてしまいたかった。

全身に寒気を感じた。

どうすればいいんだろう。考えがまとまらない。エレベーターのドアを見つめて、開くのを祈《いの》るようにして待った。

ラーズはわたしのとなりに立ち、そうするのがごくごく自然なことだというみたいに、エレベーターを待っている。

「お願いだから、ほっといて」

まともに息ができず、絞《しぼ》り出《だ》すように言った。ささやき声にしかならなかった。まったく力のない声。

「なんだって？」

「だから、お願いだから、ほっといてよ」

ラーズはニヤリとした。金属製《きんぞくせい》のエレベーターのドアにぼやけて映《うつ》る顔を見て、ラーズがわたしをどうしたいのかわかった。わたしを殴《なぐ》ったり、痛《いた》めつけたりしたいわけじゃない。必要がなければ、わたしに手を触《ふ》れたくもないはずだ。自分の望みどおりになりさえすれば。

ラーズの望みは、わたしに恥《はじ》をかかせることだった。

それだけだ。わたしに恥《は》ずかしい思いをさせること。

ラーズよりも劣《おと》っていると、わたしに感じさせること。

そのとき、エレベーターが到着《とうちゃく》した。

ピーン！

ドアが開いた。

わたしはエレベーターに乗りこんだ。

ラーズもいっしょに乗りこんできた。

顔の前でドアが閉《し》まった。

エレベーターにふたりきり。

ラーズはなにも言わず、ただ待っていた。わたしのすぐ後ろに立っている。ラーズに見られているのを感じた。後頭部をじっと見られているのを。

七階のボタンを押《お》す。わたしの家の階だ。それから、わたしはばかなことを言ってしまった。震《ふる》える声で、愚《おろ》かなことを。

「何階？」

まるでこれが、ありふれた状況《じょうきょう》だというみたいに。ラーズはたまたまエレベーターに乗り合わせただけの他人で、わたしは壁《かべ》のボタンのいちばん近くに立っていたから、何階に行きたいのかきいただけだというみたいに。ラーズは「三階をお願いします」と言うかもしれない。もしかしたら、ラーズはこのアパートに住む友だちをたずねていくところで、そう答えてくれたら、なにも問題はなくなる。いやな目にあわされずにすむ。

エレベーターが上昇《じょうしょう》していく。

「おまえと同じ階だ」

これで希望は断《た》たれた。血管のなかで血が冷たくなった。エレベーターは時間がかかり、なかなか進まなくて、時間の流れが遅《おそ》くなったみたいだ。わたしは途方《とほう》に暮《く》れていた。なんのプランもなかった。どうしたらいいんだろう。これから、どうなっちゃうんだろう。

わたしはラーズの餌食《えじき》だ。

もう、どうにもならない。

背後《はいご》にラーズの息づかいがきこえた。わたしをつけねらう怪物《かいぶつ》が、すぐそばでにらんでいる。

そのとき、ふと気づいた。というよりも、覚悟《かくご》が決まった。いままで、なんでわからなかったんだろう。

ただ怖《こわ》がっているよりも、なにか行動を起こすほうがまだマシだ。ここまできたら、失うものはなにもない。ひたすらおびえているぐらいなら、ラーズに立ち向かうほうが怖《こわ》くない。

そのとき、わたしの心に鉄のような強さが生まれた。

バイキングの鉄の強さ。

エレベーターが七階に着く。

ピーン！

ドアが開くと、わたしはこぶしをくり出しながら、くるっとまわってラーズにパンチした。せいいっぱいの力をこめて、相手の口元をまともにとらえた。きっと痛《いた》かったはず。わたしの手も痛《いた》かったから。

ラーズはおどろいていた。呆然《ぼうぜん》とさえしていた。なにが起きたのかすぐには理解《りかい》できないみたいで、わたしはその隙《すき》に二発目のパンチを食《く》らわせた。一発目ほどは強くなかったけど、パンチは鼻に命中した。やっとラーズはなにが起きているのか理解《りかい》して、すばやくわたしを押《お》し返《かえ》しはじめた。

ラーズはわたしより力が強く、わたしより体重もあり、思うがままにわたしをこづきまわした。

それで、わたしはラーズをつかんで引《ひ》き寄《よ》せた。わたしたちは取っ組み合い、押《お》したり、もがいたりした。ラーズのほうが強かったけど、こっちも引き下がらず、ラーズのわき腹《ばら》を肘《ひじ》打《う》ちしたり、すねを蹴《け》ったりした。

エレベーターのドアが閉《し》まる。

鏡が血で汚《よご》れていたけど、それがラーズの血なのか自分の血なのかわからなかった。

ピーン！

エレベーターのドアがまた開く。

声がきこえた。

「カーラ！」

ママだった。

36

ラーズとわたしは、ゆっくりお互《たが》いから離《はな》れた。ラーズはママを見たあと、床《ゆか》を見つめた。

「いったいなにがあったの？」

「なんでもない」わたしはママを見た。ほかに言うことをひとつも思いつかなかった。

「なんでもない？　本当に？　あなたたち、ケンカしてたでしょう」

「うん」

「鼻血が出てるわ」ママはわたしに言った。「あなたも」今度はラーズに言った。

わたしは鼻に手をやった。たちまち指に血がついた。鼻血がしたたっている。鏡に映《うつ》る自分を見ると、顔と首が血まみれだ。服のトップスまでべっとり血で汚《よご》れている。

ラーズも口やあごまで血を垂《た》らしている。

ラーズを痛《いた》めつけてやったのだとわかり、うれしかった。

「カーラ、あなたをさがしにいくところだったのよ」ママはわたしに話した。「部屋にいなかったから」

「うん。ケンカしてた」

「そうね。ちゃんと話し合いましょう。じゃあ、部屋に行きなさい」

わたしはうなずき、エレベーターから降《お》りた。

「あなた、名前は？」ママはラーズに質問《しつもん》した。

「ラーズ・ヘンドリクソン」

「ラーズ・ヘンドリクソン。あなたのお母さんを知ってるわ」

ラーズはまた鼻を手で拭《ふ》いた。さらに血が出てきた。左目のまわりが赤くなっている。

「ティッシュがいりそうね」ママはポケットからティッシュを一枚《まい》取り出し、ラーズにわたした。ラーズはそれで鼻を押《お》さえた。

「あとで電話するとお母さんに伝えておきなさい、ラーズ・ヘンドリクソン」

ラーズはうなずいた。

ママはエレベーターのなかに手をのばすと、一階のボタンを押《お》した。ラーズを乗せて、ドアが閉《し》まった。


「自分の言葉で」ママは言った。

「うん」

「自分のペースで」

「うん」

「なにがあったのか、話してちょうだい」

バスルームで顔の血は洗《あら》い流《なが》してあった。いま、わたしとママはキッチンテーブルの前にすわっている。ママのノートパソコンは閉《と》じてある。ママが仕事ばかりだからかまってほしくて男子とケンカしたの、とでも言ってみようかと思ったけど、それは事実じゃない。そんなふうに取りつくろっていたら、真実からは遠ざかってしまうことになる。

こうなったのは、そんな理由じゃない。

こうなったのは、ママのせいじゃない。

すべてはラーズが招《まね》いたことだ。わたしはママにそう話した。ラーズがどんなにひどいいじめっ子か、ママに話した。あの子が学校でしてきたことを。ほかの男子や女子に対して、どんなふうにふるまってきたかを。そして、わたしはもうがまんするつもりはないと話した。こんなことがつづくのを許《ゆる》すつもりはなかった。ああするしかなかった。立ち向かうしかなかった。

けがをしたって、かまわなかった。じっさい、わたしはけがをした。わたしにとって、はじめてのケンカで、結果は引き分けだったけど、大事なのは勝つことじゃなかった。相手はわたしより力も体重もあるんだから、このケンカにわたしが勝てるはずはなかった。

大事なのは、わたしはラーズを恐《おそ》れていないんだと、わからせることだった。またいじめようとしたら、こっちだって思いっきり殴《なぐ》り返《かえ》すつもりだと、わからせることだった。

大事なのは、わたしに恥《はじ》をかかせたり、ラーズより劣《おと》っているとわたしに思いこませることはできないんだと、わからせることだった。

だって、わたしはラーズより劣《おと》っていないんだから。

わたしはだれにも劣《おと》っていない。

わたしはこの世界のだれにも引けを取らない。

わたしがそう言ったあと、ママは長いあいだわたしを見ていた。じっと見つめていた。

ママがどう反応《はんのう》するのか、予想もつかなかった。

「カーラ、あなたはとても勇敢《ゆうかん》な若《わか》い女性《じょせい》よ。あなたと、あなたの今夜したことが、とても誇《ほこ》らしいわ。あなたがあなたらしくありつづけることを、ママも認《みと》めるし祝福する。あなたがケンカするのはいやよ。でも、理解《りかい》はできる。戦うしかないときもあるのよね。戦わないことが、まちがいだというときも。ママはあなたの本能《ほんのう》を信じてる。あなたがあなたでよかった。カーラ、愛してるわ」

ママは涙《なみだ》ぐんでいた。わたしもだ。

わたしたちは抱《だ》き合《あ》った。

その夜、わたしはレベッカの夢《ゆめ》を見た。

37

わたしは勝手に家のなかに入った。ノックしても、だれも出てこなかったから。といっても、それはべつにめずらしいことじゃない。

「おじいちゃん？」

玄関《げんかん》にかばんを下ろした。それから廊下《ろうか》を進んでいく。

「おじいちゃん？」

「ここにいるよ」と、おじいちゃんの声がきこえてきた。

キッチンに入った。おじいちゃんはそこにいて、ポットから自分用にコーヒーを注いでいる。わたしにはジュースと、大きなひと切れのケーキをふたりで分けようと持ってきてくれた。

わたしたちはテーブルについた。しばらくのあいだ、どちらもなにも言わなかった。

ケンカのことを、おじいちゃんは知っているはずだった。ゆうべ遅《おそ》くにママが電話して、おじいちゃんに話していた。ママと同じぐらい、きっとおじいちゃんもわたしを誇《ほこ》りに思ってくれているだろう。口にはできないかもしれないけど、わたしがバイキングみたいに戦ったことを、おじいちゃんは誇《ほこ》りに思ってくれているはず。相手にわたしを恐《おそ》れさせたことを、誇《ほこ》りに思ってくれているはずだ。

おじいちゃんはテーブルの向かいにすわって、いつものはにかんだようなほほえみを浮《う》かべている。

だけど、話さなければいけないことは、ほかにもあった。

わたしは自分の身に起きていることを、だれかに話す必要があった。わたしが経験《けいけん》している、魔法《まほう》のように不思議なことについて。もちろん、すべてを話すわけじゃない。レベッカとサミュエルとあの島のことは、だれにも話すつもりはなかった。でも、なにか答えがほしくて、だれかに話すのだとしたら、その相手はおじいちゃんしかいない。

ただひとつ困《こま》ったのは、どうやって話を始めればいいのかわからないということ。

わたしはテーブルを見て、そこにある古い木目を見た。

木のこぶを見て、時間の渦《うず》を思《おも》い浮《う》かべた。

「べつの時間から来た人と出会うことって、あると思う?」

すると、おじいちゃんはうなずいた。ずっと前から、この質問《しつもん》を待っていたみたいに
――今日じゃなくても、いつかは来るだろうと思っていたみたいに。「うーむ」と言って、もう一度うなずいた。

おじいちゃんは、慎重《しんちょう》な手つきでカップにコーヒーのおかわりを注いだ。

「わしは光の存在《そんざい》を信じている」とおじいちゃんは言った。「わしは星の存在《そんざい》を信じている

……だが、星が放つ光をわしらが見るまで、どんなに時間がかかることか。星が輝《かがや》いてから、どれほどの時間が過《す》ぎていることか。それがタイムトラベラーなのかもしれんな、カーラ。幽霊《ゆうれい》も同じなのかもしれん。ちょっとばかり到着《とうちゃく》が遅《おそ》すぎる光と同じだ。時間を通りぬけてきて、いまを照らす光。見つけてもらう必要のある光。見つけてもらうことではじめて存在《そんざい》でき、宇宙《うちゅう》を自由に旅できるようになる」

そうだ、とわたしは心のなかで思った。

そうだ。

まさにそれがレベッカだ。

見つけてもらう必要のある光。

だから夜にしかレベッカを見たことがないのかもしれない。昼は明るすぎて、レベッカの光は弱すぎるから。暗闇《くらやみ》のなかでだけ、姿《すがた》をあらわすことができるから。

くぐもった小さな音で、スマホが鳴った。

スマホは玄関《げんかん》のかばんのなかにある。

ママからの着信音だ。

「ちょっと待ってて」とおじいちゃんに言った。

わたしは廊下《ろうか》に出ていき、かばんをごそごそやって、スマホを見つけて電話に出た。

「もしもし、ママ」

「どこにいるの?」ママはたずねた。

「おじいちゃんの家」わたしは廊下《ろうか》にある古い鏡に映《うつ》った自分を見ていた。

「そう」ママはつづけた。「うん。あのね。いますぐ病院に来てもらわないと」

「病院?」

「そう。タクシーを呼《よ》んでおくわ。そこに迎《むか》えにいくから」

わたしは不安になっていた。

「でも、なんで病院に行かなきゃいけないの?」

「いいから――いいから、タクシーに乗ったら電話して、わかった?」

「教えてよ」

「カーラ」ママの声は真剣《しんけん》だった。長いあいだ耳にしたことのない声音《こわね》だ。「言うとおりにしてちょうだい。タクシーに乗ったら電話して」

「わかった」

ママは電話を切った。

わたしは廊下《ろうか》をもどっていった。

キッチンに入ると、そこにおじいちゃんはいなかった。

おじいちゃんはいなくなっていて、そもそもそこにいたようには見えなかった。

すこし前から。

少なくとも、今日は。

コーヒーポットは、食器棚《しょっきだな》のいつも置いてある場所にあった。きれいでからっぽで、手をあててみると冷たかった。

おじいちゃんのカップ――おじいちゃんが口元に運んで、フーッと吹《ふ》くのを見たばかりのカップ――は、カウンターの上にある棚《たな》の定位置に吊《つ》るされている。

カップを下ろし、両手で触《ふ》れた。

冷たかった。

テーブルに目をやった。わたしのジュースのグラスがある。ふたりで分け合ったケーキの食べかすとお皿、それにフォークが一本あった。

おじいちゃんがすわっていた椅子《いす》は、テーブルの近くに引《ひ》き寄《よ》せられていた。

どうしてこれから病院に行かなきゃいけないのか、わたしにはわかっていた。なにがあったのか、わかっていた。病院でなにを知らされるのか、わかっていた。

キッチンの窓《まど》のところに行き、雪に埋《う》もれた裏庭《うらにわ》、木製《もくせい》の古い桟橋《さんばし》、その向こうにある凍《こお》った湖をながめた。

車のクラクションが響《ひび》く。

タクシーが来たんだ。

38

おじいちゃんは亡《な》くなっていた。首までシーツを引っぱり上げられて、病院のベッドに寝《ね》ていた。

早朝に自宅《じたく》の階段《かいだん》から落ちたんです、と看護師《かんごし》さんは話した。おじいちゃんはどうにか自分で電話して、救急車《きゅうきゅうしゃ》を呼《よ》んだ。そのあと、病院がママやわたしに連絡《れんらく》する間もなく、おじいちゃんは意識《いしき》不明に陥《おちい》った。

このことを教えてくれた看護師《かんごし》さんは、おじいちゃんが息を引き取ったとき、そばにいてくれた。看護師《かんごし》さんはおじいちゃんの手を握《にぎ》っていた。おじいちゃんの胸《むね》は上がって下がって、上がって下がって、やがて動かなくなったそうだ。

転倒《てんとう》による脳出血《のうしゅっけつ》らしかった。おじいちゃんはなにも知らないまま亡《な》くなったんだろう。

そのすこしあとで、ママが到着《とうちゃく》した。

そのすぐあとに、わたしが着いた。

わたしがあの古い家に行き、ふたりでおしゃべりする前に、おじいちゃんは死んでいた。幽霊《ゆうれい》について、ふたりで話す前に。宇宙《うちゅう》を自由に旅していけるよう、見つけてもらう必要のある光について、おじいちゃんが話してくれる前に。

わたしはおじいちゃんの手を握《にぎ》り、耳元でささやいた。「ありがとう」

そして言った。「宇宙《うちゅう》を自由に旅していってね」

それをママは耳にした。

「おじいちゃんになんて言ったの?」

わたしは教えてあげた。

「そう」ママはつぶやいた。「そう。そうよね」

ママはそこに横たわっている父親を見た。「お父さん、もう宇宙《うちゅう》を自由に旅していいのよ」

わたしはママの手を握《にぎ》りしめた。

わたしたちはふたりになった。

ママとわたし、ふたりぼっちだ。

39

ママが料理をした。わたしたちは、パスタとハーブのトマトソース煮《に》をだまって食べた。

ママは静かに食洗機《しょくせんき》を動かした。

わたしはホットチョコレートのカップを両手でつつんで、テーブルの前にすわっていた。

なにもせず、なにも考えず、すべてを感じながら。

体の細胞《さいぼう》という細胞《さいぼう》に、悲しみの電気が流れているみたいに。

おじいちゃんを亡《な》くしたことを全身で実感しながら。

電話が鳴って、わたしは現実《げんじつ》に引きもどされた。

固定電話が鳴っている。ママもわたしも同じことを考えた。

固定電話にかけてくる相手は、ひとりしかいない。

おじいちゃん。

わたしは立ち上がり、歩いていって受話器を取った。

「もしもし?」

ラーズの母親からだった。ママと話したがっていた。

わたしはコートを着て、外に出た。

40

わたしはスノーエンジェルをつくることにした。

とにかく、ママにはそう言って出かけた。レベッカとサミュエルのため、バックパックに食料品をいっぱい詰《つ》めて。自然のままのあの森に向かう。午後の遅《おそ》い時間で、あたりはもう暗くなっている。森にはわたしひとりだ。

わたしと月光とカラスだけ。

新雪がこんもりつもったところに来ると、寝《ね》ころんでスノーエンジェルをつくった。

あおむけに倒《たお》れたまま、わたしは空を見ていた。いくつかの星と、満ちていく月が出ている。いまではおじいちゃんはあそこにいて、宇宙《うちゅう》を旅するひと粒《つぶ》の純粋《じゅんすい》な光になっているんだと思った。おじいちゃんがこの惑星《わくせい》をふり向いたとき、わたしがつくった天使が見えるといいな。

おじいちゃんは永遠《えいえん》に去ってしまった。

もう二度と会えないんだ。

雪を踏《ふ》みしめるブーツの足音がした。わたしは冷たい雪に頬《ほお》をつけて、そっちを見た。木立の後ろから、レベッカがあらわれた。しばらくわたしを見ていたみたいに、後ろめたそうな顔をしている。

わたしは起き上がらなかった。

「あのね、どうやるのか教えてほしいんだけど」

「やるって、なにを?」レベッカはきいた。

「スノーエンジェルをつくること」

「スノーエンジェルをつくる? なにを言ってるの。雪のなかに倒《たお》れて……」

「足跡《あしあと》を残さずに、どうやるのかってこと」

レベッカは顔をしかめた。

「足跡《あしあと》を残さない？　そんなの無理だよ」

わたしは体を起こした。「レベッカ、お願い。どうやるのか教えて」

「スノーエンジェルはつくったけど、魔法《まほう》なんかじゃないよ。ただ雪のなかに寝《ね》ころんで……ねえ」

わたしがなんの話をしているのか、レベッカにはわかっていなかった。

なにがなんだか、こっちにもわからなくなっていた。

「あのスノーエンジェルをつくったのは、やっぱりレベッカなんだよね……なのに、足跡《あしあと》を残さないのは無理ってことは……もう降参《こうさん》」

わたしは雪のなかにあおむけに倒《たお》れ、木々と星を見上げていた。レベッカがぬっと首をのばして、上からのぞきこんでくる。そして、すごくやさしい声で言った。

「カーラ、なにかあったの？」

「おじいちゃんが死んだの」

「気《き》の毒《どく》に」

「気をつかわないで」本心から出た言葉だった。だって、レベッカはみんな失っている——すべてを。過去《かこ》も、両親も、祖父母《そふぼ》も。知り合いをみんな失い、未来を、来《きた》るべき人生を失っていた。レベッカにあるのは、いまだけだ。

あるのは、務《つと》めだけだ。サミュエルを死なせないという務《つと》め。

「起きるから手を貸《か》して」わたしは片手《かたて》をのばし、レベッカが手を取って引っぱり起こしてくれるのを待った。けれど、レベッカは手をつかんでくれない。レベッカのほうを見ると、そこにはだれもいなかった。

「レベッカ?」わたしは体を起こした。

どこにも気配がない。

わたしは立ち上がり、服から雪を払《はら》い落《お》とした。

「レベッカ?」

遠くでビシッ! と鈍《にぶ》い音がした。

銃声《じゅうせい》。

湖のどこかだ。

わたしは岸へ向かって歩き出した。

耳にした音がなんなのか、まだはっきりとはわからない。

急ぎ足になる。

あれが、本当にきこえたとおりの音だとしたら。

恐《おそ》ろしい予感がした。

とてつもなく恐《おそ》ろしい予感が。

無意識《むいしき》のうちに、走り出していた。

わたしは走った。


島をめざして、湖をすべっていく。島の木々には何百羽《わ》というカラスがとまっていて、黒い輪郭《りんかく》が際立《きわだ》った。近づいていくと、カラスはカーカー鳴きながらいっせいに飛び立ち、わたしの頭上に広がる空を埋《う》めつくした。

「レベッカ！」大声で呼《よ》びかけた。

「レベッカ！」

どこにも見当たらない。すると、かん高く鋭《するど》い音がかすかにきこえた。

ホイッスルだ。

だれかが、あの小さなおもちゃのホイッスルを吹《ふ》いている。

レベッカ。

音をたどっていく。だんだん近づいてきた。

「レベッカ？」

ホイッスルの音がやみ、島から百メートルほど離《はな》れたところで、返事があった。

「カーラ……」

レベッカだ。声が弱々しい。苦痛《くつう》を感じているような声。

あそこだ。氷の上に、黒いシルエットがある。

わたしはレベッカのもとへすべっていった。氷の上に倒《たお》れている。

身じろぎもせず倒《たお》れている。

レベッカは目を閉《と》じている。

「レベッカ！」

レベッカは目をあけ、わたしを見た。

「カーラ」力なくつぶやいた。「わたし、転んじゃって……」

わたしはレベッカの体に両腕《りょううで》をまわし、起き上がらせようとしたけど、できなかった。

レベッカはすっかり脱力《だつりょく》していた。すこしの力も残っていないみたいだった。手袋《てぶくろ》をしていない手を開くと、おもちゃのホイッスルが氷の上にすべり落ちた。けれど、どこからも血は出ていない。けがをした形跡《けいせき》はなかった。いったいなにが起きているの？

「カーラ、来てくれたのね」

「音がきこえたから」

「来てくれた」レベッカは言った。「いままでとはちがう……今回はちがった」

「レベッカ。ねえレベッカ、なにがあったの？」

レベッカは目を閉《と》じた。顔にかかっている髪《かみ》をわたしが払《はら》うと、また目をあけたけど、レベッカはわたしを見ていなかった。

「見て、カーラ。星が出てる！」

わたしは見上げた。

またもや街明かりは消えていた。あたり一帯がまた停電《ていでん》になったようだった。

星が出ている。

わたしたちは、わたしの時間ではなく、レベッカの時間にいた。

空に流星が降《ふ》っていた。しぶんぎ座《ざ》流星群。

「星から降《お》りてくる夢《ゆめ》を見たの」レベッカは話した。「不思議な街の屋根に降《お》りて、つもった雪の上を歩いた。重力を感じなかった。雪のなかに天使をつくって、女の子と友だちになった。その子の名前はカーラ」

「わたしは友だちだよ。永遠《えいえん》にレベッカの友だちだよ」

レベッカはほほえみ、わたしを見た。「カーラ、あなたが歌ってるのがきこえたの。あの岸辺の森のなかを歩きながら、あなたが歌ってるのが。わたしはあなたの歌に耳をかたむけた」

わたしはレベッカを抱《だ》きしめた。

「長生きしてね、カーラ。長生きして」

手袋《てぶくろ》と袖《そで》のすきまになにか温かくぬれたものがしたたり落ち、なにがあったのかそのときわかった。

見なくてもわかった。

わたしは銃声《じゅうせい》のような音を耳にしていた。

音の正体は、まさにそれだった。

レベッカはすべって転んだわけじゃなかった。撃《う》たれたのだ。

レベッカが死んじゃう。わたしは手袋《てぶくろ》をはずして、レベッカのむき出しの手を握《にぎ》りしめた。

「今回はちがった」レベッカはつぶやいた。

「ここにいるよ」

「ちがうの。ねえ……空にはなにもない」

なんのことかすぐには理解《りかい》できなかったけど、あの飛行機のことを思い出した。来るはずだとレベッカが言っていた飛行機。空で失速する飛行機。レベッカがどうしてその飛行機のことを知ったのか、わたしにはわかっていた。レベッカは前にすべて見たんだ。いまこのときを、前にも経験《けいけん》したことがあるんだ。時間が数字の8みたいにぐるりともどり、同じ時間がふたたびめぐっていた。

ただし、今回は空が静かだった。飛行機は来なかった。

「わたしはまちがってたみたい。ぜんぶむだだったのね」レベッカは口にした。

「そんなはずない」けれど、空を見ても飛行機はない。空には星があるだけだ。

そのとき、湖のずっと向こうに、レベッカはなにかを見たようだ。

「見て」レベッカは言った。「見て」

そっちを見ても、なにもなかった。

「なんなの？　なにが見えるの？」

「キャンドル」そう言って、にっこりした。それがレベッカの最後の言葉だった。

レベッカの目は、暗くくもっていった。

「レベッカ」

「レベッカ」もう一度呼《よ》んだ。

「話して」

「お願い、レベッカ」

「わたしを見て」

レベッカは目を閉《と》じていなかった。だけど、わたしを見てもいなかった。

「お願い、レベッカ。お願い……生きて……お願いだから生きて。行っちゃだめ。行っちゃ……」

けれど、行ってしまった。

ふつふつと怒《いか》りが沸《わ》き上《あ》がってきた。

「わたしには、ほかに友だちなんていないのに！」夜に向かって、世界に向かって、宇宙《うちゅう》に向かって叫《さけ》んだ。星を見上げ、叫《さけ》びをぶつけた。「ほかに友だちなんていないのに！　わからない？　わたしには、ほかに友だちなんていないの！　世界にひとりもいないんだから！」

薄情《はくじょう》な星たちは冷たくわたしを見下ろすだけで、なにも答えてくれなかった。

自分が泣いていることに気づいた。しばらくのあいだ、泣いていた。

わたしはレベッカの目を閉《と》じてあげた。

長いあいだレベッカのそばを離《はな》れず、その体を腕《うで》に抱《だ》いて、つつみこんでいた。

寒くても、かまわなかった。

動くことができずにいた。

空のずっと高いところから、音がした。

ブーンという単調な鈍《にぶ》い響《ひび》きが、遠くにきこえた。

エンジンだ。

あの空のどこかに、飛行機がいる。

ただの飛行機じゃない。

希望だ。

顔を上げると、それが見えた。

レベッカが言ったとおりだった。

前に見たあのランカスター爆撃機《ばくげきき》よりも小さく、軽量で、スピードの速い飛行機だ。

低空飛行している。

双発《そうはつ》のエンジンが咳《せ》きこみ——一回、二回——一基《き》がまた咳《せ》きこみ、エンストした。

レベッカが予告《よこく》したとおりだ。

飛行機は滑空《かっくう》して進みつづけた。

着陸する場所をさがしながら。

そのとき、わたしにはわかった。

自分のやるべきことが。

わたしは、氷の上にレベッカの体をそっと横たえた。

そして、おもちゃのホイッスルを見つけて拾い上げた。

これがなかったら、レベッカを見つけられなかっただろう。二度と会えなかっただろう。

急いで島へと引き返し、木々のあいだをぬけ、野営地《やえいち》に向かった。

サミュエルはそこにいた。目をパッチリあけて、たき火のそばにすわっている。飛行機の音をきいて、わたしを待っていたのだ。サミュエルは、氷の地図を両手で持っていた。

41

わたしはサミュエルを岸までかかえていった。重い。この子がこんなに重いなんて思わなかった。氷の上で一度か二度、よろめいた。雪のなかで足をすべらせた。それでも進みつづけた。

そりを置いてあったところにたどり着くと、サミュエルを地面に降《お》ろした。そりの綱《つな》をほどいて引っぱっていき、サミュエルを乗せた。サミュエルはわたしのバックパックを背《せ》負《お》っている。そのなかには、サミュエルにとって必要になりそうなものと、地図が入っている。

サミュエルは、あの古いチェック柄《がら》のブランケットを両手で握《にぎ》りしめていた。まるで、すがりつくみたいに。わたしはブランケットをそっと取り、サミュエルのひざの上にかけて、しっかりつつみこんだ。

「暖《あたた》かくしておかなきゃね」

「うん」歯をガチガチ鳴らしている。

わたしはサミュエルを抱《だ》きしめた。

「レベッカはどこにいるの？」

わたしはぎくりとした。でも口を開いたときには、真実みたいにうそがすらすら出てきた。

「飛行機でわたしたちが来るのを待ってるんだよ」サミュエルの目を見つめて答えた。「先に行って、あなたが置いていかれないよう引きとめてるの」

サミュエルはまばたきもせずに、じっとわたしを見つめていたあとで、やけに冷静な口調で言った。「わかった。行こう」

サミュエルがわたしの言葉を信じたのかは、わからない。この子は、本当はどこまで知っているんだろう？　そもそも、知りたいと望んでいるんだろうか。

わたしは立ち上がった。

両手で引《ひ》き綱《づな》をつかみ、力をこめて引っぱると、そりが動いた。

だけど、わたしはすぐに止まった。

止まったのは、ほかのことが起きたからだ。

一発の銃声《じゅうせい》が、あるいは銃声《じゅうせい》に似《に》た音が響《ひび》き、ふり向いて湖の東のほうに目をやると、空に花火が見えた。

花火じゃない。いまならわかる。

「照明弾《しょうめいだん》だ」サミュエルが言った。

「うん」

「行かなきゃ」

「わかってる」でも、まだ動けない。照明弾《しょうめいだん》がどこに落ちるか確認《かくにん》してからじゃないと。わたしたちを追っている人たちに見つからないため、照明弾《しょうめいだん》に近づかないようにしないと。

照明弾《しょうめいだん》は空中で向きをかえ、一キロメートル四方の氷を黄色く照らしながら落下している。ついには、黄色い炎《ほのお》を噴《ふ》き出《だ》しながら、わたしたちのすぐそばに落ちた。たった二百メートル先に。

「カーラ」サミュエルが呼《よ》びかけてきた。

「うん」それでもわたしは動けずにいた。ふり返って氷の上を見わたすと、レベッカの体が横たわっている場所まで、照明弾《しょうめいだん》の不気味な光がぎりぎり届《とど》いていた。

レベッカは横たわったままぴくりともせず、氷の上のただの黒いしみになっている。

サミュエルはふり返らなかった。

あそこになにがあるのか、この子は知っているんだ。直感的に、そう思った。

「カーラ」

「うん」わたしは前を向き、そりを引っぱりはじめた。「行こう」

照明弾《しょうめいだん》は島の東側に落ちていた。だから、わたしたちは西へ急いだ。島をまわりこんで西側の影《かげ》に入ると、島がわたしたちを照明弾《しょうめいだん》の光からかくしてくれた。

暗闇《くらやみ》のなか、わたしは引っぱりつづけた。そりは氷の上をすばやく進んだ。思ったより早く着くかもしれない。無事にやり遂《と》げられるかもしれない。そう思ったとき、車のエンジンの音がきこえてきた。最初のうちは遠かったのが、北岸沿《ぞ》いを進んで着々と近づいてきている。光は見えなかった。位置をかくすため、ヘッドライトを消しているのだろう。

そのうちにエンジン音が変化し、ゆっくりになって、車は止まった。

わたしが止まると、となりでそりも止まった。北岸にならんだ木々の列を、サミュエルとふたりで見張《みは》った。

かすかにブーンという電気的な音がして、まぶしい光の環《わ》が森のなかからあらわれた。岸辺にとまっている車の後部にサーチライトが搭載《とうさい》されていて、二キロ先から照らしている。

ライトは湖全体を明るく照らし、氷の上を入念に調べて、島をさっと通りすぎていく。わたしは息をつめた。この氷の上で、わたしたちの姿《すがた》は丸見えだ。避難《ひなん》できるところはどこにもない。かくれる場所はどこにもない。

強烈《きょうれつ》な白いビームの光がここまで届《とど》いたけれど、通りすぎていった。わたしは一瞬《いっしゅん》、見られずにすんだと思った。わたしたちは小さすぎて、遠すぎて、あの人たちは気にもとめなかったんだ、と。けれど、サーチライトは動きを止め、氷の上をもどってくると、ふたたびわたしたちを見つけた。

わたしたちは、さっきまで暗闇《くらやみ》のなかにいたと思ったら、つぎの瞬間《しゅんかん》には、まぶしい白い光のなかに輪郭《りんかく》をあらわしていた。とんでもなくまぶしい。わたしは目の上に片手《かたて》をかざして、あの人たちが今度はどうするつもりなのか確《たし》かめようとした。耳も澄《す》ましていた。犬の足音や吠《ほ》える声をきこうとして。

サミュエルがささやいた。「だれか来る」

わたしは返事をしないでサーチライトを見つめていた。

「だれか来るよ」サミュエルはくり返した。

「どこ？　だれも見えないけど」

「あっちじゃなくて。後ろから」

スケートの音がきこえて、ふり向くと、だれかが近づいてくるのが見えた。

男の子だ。

氷の上に男の子がひとりいて、こっちに向かってすべってくる。

それがだれか、わたしにはわかった。

ラーズだ。

「だれなの？」サミュエルがたずねた。

「友だちじゃない人」とわたしは答えた。

サミュエルはうなずき、近づいてくるラーズを見つめている。「なんの用だろ？」

「わかんない」

本当にわからなかった。

ケンカしたいなら、こっちはそれどころじゃない。

でも、その必要があるのなら、戦うつもりだ。もう一度。

ラーズはスケートで近づいてくると、スピードを落として、十メートルほど離《はな》れたところで止まった。わたしを見て、そりを見て、またわたしを見た。サーチライトの光線のど真ん中に立っているのに、ラーズにはその光が見えていないのだろう。

サミュエルのことも見えていないのだろう。

「ここでなにしてるんだ？」ラーズはきいた。

わたしは首をふった。

教えない。

「そ、そっちこそ、ここでなにしてるの？」

「森でおまえを見たんだ」

「あとをつけたのね」

「ああ。スノーエンジェルをつくるのを見た」

「わたしのこと、見張《みは》ってたんだ」

「ちがう」そのあと、ラーズは言い直した。「そうだ。ごめん。ただ、言いたいことがあって……」声が小さくなって、とぎれた。

わたしは待った。氷の上に着陸した飛行機に思いをめぐらせる。氷の上に、いつまでいるだろうか。エンジンを修理《しゅうり》するのに、どれぐらい時間がかかるかな。たぶん、二、三時間ぐらいだろう。飛行機は待ってくれない。

なにもかもが予定外の事態《じたい》になっている。

「おれが言いたいのは……つまりさ、その……」ラーズは言葉に詰《つ》まった。

「こんなことしてるひまはないよ」わたしと同じことを考えているみたいに、サミュエルが言った。

「うん」わたしは同意した。

「行かなきゃ」とサミュエル。

「うん」

わたしがおかしくなって、ひとりごとを言い出したというみたいに、ラーズはこっちを見ている。

「帰って」わたしはラーズに言った。「あんたには、なんの関係もないんだから」

引《ひ》き綱《づな》に体重をかけて、前進して引っぱった。そりが動き出す。はじめのうちはゆっくりと、それがだんだん勢《いきお》いに乗って、スピードを上げていく。島から離《はな》れ、湖の先へ先へと進んで、氷の中央をめざした。サーチライトのビームはわたしたちに合わせて動き、わたしたちを追跡《ついせき》している。ラーズもついてきて、とまどいながらも、わたしとならんですべっている。

サミュエルはそりのなかから顔を後ろに向けて、北岸の様子を見張《みは》りながら、耳を澄《す》ましている。すると、新たな音がして、サーチライトのまぶしい光の奥《おく》のどこからか、湖をわたって近づいてくる。わたしには音の正体がわかり、それがなにを意味するのかわかった。

犬だ。

吠《ほ》え、叫《さけ》び、放たれるのを待っている犬。

「あれがきこえる?」サミュエルがきいた。

「きこえる」わたしは答えた。

「きこえるって、なにが?」ならんですべりながら、ラーズがきく。

「犬を氷の上に放すつもりなんだ」とサミュエル。

「うん」わたしはふり返らなかった。ひたすら進みつづけた。

「ぼくらを追いつめる気だ」

「うん」

「そしたら、どうなる?」

わたしは答えなかった。答えがわからなかった。こんなはずじゃなかったのに。

「カーラ」サミュエルは呼《よ》びかけてきた。

わたしは返事をしなかった。

「カーラ。止まらないと」

え?

わたしは止まるつもりはなかった。ほかのことは考えられなかった。

止まらない、ふり返らない。

進みつづける。

止まらなければ、飛行機とのあいだの距離《きょり》は縮《ちぢ》まりつづける。

止まらなければ、少なくともチャンスはある。

「止まって」サミュエルはまた言った。「カーラ、お願いだよ。止まって」

わたしは止まった。

そりの上のサミュエルをふり返る。これでおしまいなの?　サミュエルは心のどこかで、希望を完全に捨《す》てちゃったんだろうか。

「どうなってるんだ?」ラーズも止まっていて、わたしのすぐ近くにいる。そこにいられるのが、わたしはいやだった。

サミュエルはラーズを指さした。「その子にも見せてあげて」

顔を照らしているサーチライトを。

わたしたちを追跡《ついせき》する犬たちを。

「その子にも見せて。それしかチャンスはないよ」

サミュエルの言うとおりだった。

どんなにきらいでも、いまはラーズの助けが必要だ。

ラーズと向き合い、急いで言う。「自分のしたことを反省してる?」

ラーズはおどろいてぽかんと口をあけたけど、ぐっとこらえてうなずき、静かに答えた。

「うん」

わたしはうなずいた。手袋《てぶくろ》をはずし、片手《かたて》を差し出す。

「じゃあ、おあいこってことで。これで恨《うら》みっこなし。握手《あくしゅ》しよう」

寒いなか差し出されたむき出しの手を見て、ラーズは理解《りかい》した。自分も右手の手袋《てぶくろ》をはずすと、手をのばして握手《あくしゅ》した。

わたしたちは触《ふ》れ合《あ》った。

ラーズが息をのむ。

ラーズは顔に浴びている光を感じてふり返り、木々のあいだから照らしているサーチライトを見た。遠い暗がりのどこかで、犬たちが吠《ほ》える声をきいた。そりにすわっているサミュエルを見た。からっぽだと思っていたそりに。

サーチライトがわたしたちを照らして、氷の上に釘《くぎ》づけにしていることに気づいた。

「なんなんだよ、これ」

「説明してる時間はないの。力を貸《か》して」

42

ラーズは折りたたみ式ナイフを取り出し、刃《は》を開いた。

わたしの手から引《ひ》き綱《づな》を取ると、綱《つな》をふたつに切った。

その手が震《ふる》えているのが見えた。おびえている。わたしはこれから起きることを、ラーズに話してあった。ここがどこで、いつの時代で、わたしたちはなにをしなければならないのかを。

ラーズは半分に切断《せつだん》した引《ひ》き綱《づな》をつかみ、そりに結びなおした。サミュエルはそれを見ていて、ラーズの作業が終わると、一瞬《いっしゅん》ふたりの目が合った。

「よう」ラーズが声をかけた。

サミュエルはうなずいてあいさつを返した。

これで引《ひ》き綱《づな》が二本になった。ふたりで同時にそりを引っぱることができる。もっと速く進むことができる。これはチャンスだ。

「行くぞ」とラーズが言った。

わたしはサミュエルがほほえむのを見た。笑顔《えがお》を見るのは久《ひさ》しぶりだった。

ガチャン！　という音がして、サーチライトの明かりが消され、暗くてあたりがよく見えなくなった。

「どういうことだ？」ラーズがつぶやいた。

犬を放つつもりなんだ、とわたしは思ったけど、だまっておいた。

「もう行かなきゃってこと」わたしは引《ひ》き綱《づな》を引っぱり、ラーズも同じことをして、そりは動き出した。

わたしたちは全力で引っぱった。

そりは、さっきより速く氷の上をすべった。

それでも、まだ足りない。この分だと、犬から逃《に》げ切ることはできないだろう。


そりは氷の上を進んだ。

すこしのあいだ、湖は静かだった。おだやかなほどだった。わたしたちが白い氷の上をすべる音しかしなかった。そりの音しかしなかった。やがて犬たちが湖に放たれ、吠《ほ》えたりうなったりしながら氷の上に散らばっていく音がきこえてきた。

「来るよ」サミュエルが言うと、ラーズはスピードを落として、よろめきながら後ろをふり返った。わたしはラーズの腕《うで》を取って支《ささ》え、止まらずに進んだ。

サミュエルは見張《みは》りをつづけた。犬たちのたてる音が、氷をわたって断続的《だんぞくてき》にきこえてくる。

それでも、まだ姿《すがた》は見えないぐらい遠くにいた。

凍《い》てついた湖の広大な闇《やみ》のなかで、すこしずつ、でも着実に、犬たちは距離《きょり》を縮《ちぢ》めてきている。犬は氷の上が得意《とくい》じゃなかったし、わたしたちと同じぐらい横すべりしたり転びそうになったりしていたけど、それでもわたしたちより速かった。

執拗《しつよう》に追いかけてきた。

「来るよ」サミュエルはくり返した。

「うん」どうすればいいのか、わからなかった。

「氷から降《お》りないと。岸に上がって、かくれるしかない」ラーズが提案《ていあん》した。

「犬からはかくれられないよ」

「来た。犬たちがもう見えるよ」サミュエルが言った。

サミュエルはそりのなかで顔を後ろに向けていて、そこに——そりの後ろに——月明かりに照らされた氷の上に、わたしたちにせまってくる犬たちのシルエットがあった。

犬たちは氷の上を全速力で追いかけてきて、刻々《こっこく》と容赦《ようしゃ》なく距離《きょり》をつめている。足音がどんどん大きくなってくる。

「どうしよう?」サミュエルがきいた。

「わかんない」

「あいつらより速く走るのは無理だ」とラーズ。

「わかってる」わたしが足を止めると、ラーズも止まった。サミュエルを乗せたそりも、氷の上でスピードを落として止まった。

わたしは犬のほうをふり返った。

「ふた手に分かれよう。おまえはあっちに行くんだ。おれはこっちに行く。そりはおれが引いていくから」ラーズが言った。

「待って。ちょっと考えさせて」

もうおしまい、とわたしは思った。頭のなかがぐるぐるしている。もうおしまい。

そうだ。あの地図。

「地図」

「え？」ラーズがきき返した。

「地図だよ」わたしが言うと、サミュエルは理解《りかい》した。急いでバックパックをあけて、あのノートを取り出す。わたしは地図を開いて目をこらし、さがしているものを見つけた。

「あった」わたしはラーズに言った。「見て」

「なんなんだ？」

「これは氷の地図。どこが頑丈《がんじょう》で、どこがもろいかを示《しめ》してるの。犬たちがいるのは、あそこ。わたしたちがいるのは、たぶんここ」わたしは指で地図をたたいた。

「じゃあ、あっちへ行くってことだな」ラーズは北を指さした。

「そう」わたしが地図をほうると、サミュエルはそれをキャッチした。ラーズとわたしは、引《ひ》き綱《づな》をつかんでそりを引っぱった。

力のかぎり引っぱった。

命がけで引っぱった。

わたしたちは、もとのコースの斜《なな》め方向に進みはじめた。背後《はいご》で犬たちもそれにならい、わたしたちの進路をさえぎろうと北へ曲がっていく。そこで、わたしたちは氷の上をジグザグに進んだ。レベッカが地図の上に走り書きした一画に、犬たちを導《みちび》きたかった。

犬たちはついてきた。わたしたちがこっちに曲がると、犬たちもこっちに曲がった。わたしたちがあっちに曲がると、犬たちもあっちに曲がった。犬はわたしたちのにおいを嗅《か》ぎつけていた。この氷の上にいる生き物は、わたしたちだけだ。サーチライトで照らすみたいに、犬はわたしたちの居場所《いばしょ》を正確《せいかく》に知ることができた。

「止まらないで」わたしはラーズに言った。

「止まらないよ」

「わたしを信じて」

「信じるよ」とラーズは言った。

犬がこれまでにないほど接近《せっきん》してきた。いまでは、雪の上をすべる犬たちの爪《つめ》の音まできこえている。

わたしたちは目的の場所に到着《とうちゃく》した。

「ここだよ。止まって。待って」

そりがすべってわたしたちの横で止まった。

サミュエルが氷を見下ろし、耳を澄《す》ます。

氷がきしみを上げている。

氷の表面に、小さなひびが入った。

43

空に新たな照明弾《しょうめいだん》が打ち上げられ、湖の上を花火のような緑色の光が昇《のぼ》っていく。犬たちの姿《すがた》が見えた。五十メートル先に十数頭、飢《う》えていても体はたくましい。歯をむき出してうなり、恐《おそ》ろしいほどの音をたてながら、容赦《ようしゃ》なく襲《おそ》いかかろうとしている。けれど、犬たちの足下《あしもと》の氷は、もっと容赦《ようしゃ》なかった。

氷が割《わ》れるビシッという音がした。

ついさっきまで犬たちの吠《ほ》え声《ごえ》で耳鳴りがしていたのに、つぎの瞬間《しゅんかん》には、混乱《こんらん》したかん高い悲鳴しかきこえなくなっている。氷でできた黒い地面がつぎつぎ割《わ》れていくと、犬たちはスピードを落とし、横すべりして、転んだ。

群れの先頭にいた犬たちの足下《あしもと》の氷に、黒い穴《あな》がぽっかり口をあけ、三頭を飲みこんだ。三頭は水中に頭まで沈《しず》んだあと、また浮《う》き上《あ》がってきて、水から上がれそうなところをさがして泳ぎまわっている。その向こうでは、群れの残りの犬たちが立ち止まっていた。混《こん》乱《らん》し、おびえている。氷の上を用心しながら歩き、来た道を引き返そうとする犬もいる。あちこちで氷がまた割《わ》れ、一頭の前足が沈《しず》みかけた。犬はキャンと吠《ほ》えてあわてて逃《に》げ、震《ふる》えながらおとなしくしている。

照明弾《しょうめいだん》がこっちのほうに落ちてきた。いまではすべてが見えた。水の黒さも、足の下の氷も。

わたしたちにとっても、氷はそれほど安全そうに見えなかった。

「行かないと」とラーズに言った。

「ああ」

「氷が！」

「わかったよ！」

ちょうどそのとき、まるで完璧《かんぺき》にねらい定めたみたいに、わたしたちと犬のあいだに照《しょう》明弾《めいだん》が大きな音をたてて落ちてきた。照明弾《しょうめいだん》は水中にもぐって、燃《も》えつづけながら沈《しず》んでいく。深いところで燃《も》えながら、湖の下にある世界を照らし、沈泥《ちんでい》や汚泥《おでい》をくぐりぬけて下へ下へと沈《しず》んでいき、ついには六十メートルの深さに消えて見えなくなった。

静寂《せいじゃく》が訪《おとず》れた。氷の向こう側をまた見ると、たぶん犬はみんな水からもう上がっていた。

わたしたちとのあいだにできた氷の裂《さ》け目《め》のすぐ向こうに立ち、こっちを静かににらんでいる。

犬たちは、氷の裂《さ》け目《め》をはさんだ向こう岸に孤立《こりつ》していた。こっちにわたって、わたしたちのあとを追うことは、絶対《ぜったい》にできない。

わたしたちは犬に背《せ》を向けて、そりを引いて進みつづけた。後ろで犬たちが、しつこく遠吠《とおぼ》えをくり返していた。

44

わたしたちはひと言もしゃべらずに進んだ。

ポツ、ポツ、ポツ、とストックで氷をつく音と、そりを引く音、そしてわたしたちが息を吐《は》き出《だ》す音だけがきこえていた。

サミュエルはそりのなかにきちんとすわり、体を安定させるため、そりの両脇《りょうわき》をつかんでいる。明るい黒い目でわたしたちを見つめ、星を見つめている。

わたしはまだ、レベッカのことをサミュエルに話していなかった。

なんとか話さずにすむことを願っていた。

となりにいるラーズは、わたしに負けじと懸命《けんめい》にそりを引っぱっている。

わたしたちは、だまっていた。

わたしはラーズに言わなかった。

握手《あくしゅ》をしたとき、背中《せなか》の後ろで指をクロスさせて、うそをついたことを。まだラーズを許《ゆる》していないことを。

これは、ただの休戦なんだから。自分にそう言いきかせた。

頭上を一羽《わ》のカラスが静かに飛んでいった。見上げると月が満ちていて、明るく光るランプみたいにわたしたちを照らしている。

氷の上に、なにかが見えた。

大きな黒いシルエット。

わたしたちは近づいていき、スピードを落として、とうとう止まった。

飛行機だ。

大きな黒いシルエットは、氷の上にとまった飛行機だった。空で失速して低空飛行するのを見た、あの飛行機だ。

飛行機は静かにたたずんでいる。見たところ、どこにも明かりはついていない。乗務員《じょうむいん》は機内にいるんだろうか。

ラーズとわたしは翼《つばさ》の下に歩いていった。飛行機は黒く巨大《きょだい》な獣《けもの》みたいだった。わたしたちの頭上にそびえて、翼《つばさ》で空をさえぎっている。わたしは飛行機の胴体《どうたい》に片手《かたて》を触《ふ》れて、黒い金属《きんぞく》の冷たさを感じた。

黒い飛行機とは対照的に、氷は月明かりの下で白く輝《かがや》いている。

「おれたち、どこにいるんだ?」ラーズがささやく。「こいつはなんだよ?」

わたしは人差し指を唇《くちびる》にあてた。

わたしを信じて。

サミュエルは、そりのなかで待っていた。近くの氷の上にカラスが降《お》り立《た》ち、サミュエルがそれを見てうなずいてみせると、カラスはまた飛び立っていった。

わたしはサミュエルのところに歩いていった。

すると、サミュエルは笑いかけてきた。

「カーラ、きみはもう行かなきゃ。ここにいちゃだめだよ。ふたりとも。もう行って」

ラーズも飛行機の翼《つばさ》の下からこっちに歩いてきた。

二キロほど先の岸にならんだ木々が、そよ風を受けてサラサラと音をたてた。

わたしはサミュエルに近づき、抱《だ》きしめた。

「さよなら」

「さよなら、カーラ」

そう、わたしはサミュエルにレベッカのことを話さなかった。レベッカになにがあったのか、話さなかった。でも、サミュエルは知っていたんだと思う。なぜだか、ずっと知っていたんだと思う。

わたしはサミュエルの目をのぞきこんだ。

「長生きしてね」それは、ほんの数時間前に、レベッカがわたしに言ってくれたことだ。

「ありがとう」とサミュエルは言った。

そして、ラーズを見て、小さくうなずいた。言葉はなくても、感謝《かんしゃ》がこめられていた。

ラーズもうなずき返し、わたしたちのお別れはすんだ。

ガタンという音がして、飛行機の側面にあるドアが開いた。氷の上に黄色い光がもれ出し、完全なフライト装備《そうび》に身をつつんだ、イギリス空軍のパイロットが降《お》りてくる。パイロットは飛行機の正面に急いで行き、タイヤの下から木製《もくせい》の車輪止めをはずした。足の下で氷がきしんだ。

パイロットはホイッスルの音を耳にした。静かで、高く、短い音。パイロットは身をすくめ、ゆっくり後ろをふり返った。後頭部にねらいをつけた銃《じゅう》が見えるのを覚悟《かくご》しているみたいに。けれど、そこにはなにもなかった。

すると、子どもの声がきこえた。疲《つか》れ切《き》った弱々しい声が。

「助けて」その子は言った。「助けて……助けて」

パイロットは飛行機をまわりこんで引き返し、声の主である子どもをさがした。翼《つばさ》の下から出ていくと、氷の上になにか小さくくるまれたものが見えた。それがなんなのか、パイロットにはわからなかった。

サミュエルがもう一度ホイッスルを吹《ふ》くと、パイロットは近づいてきて、青いコートを着た少年を見つけた。チェック柄《がら》の古いブランケットにくるまれて、氷の上にすわっている。

「きみは?」パイロットは問いかけた。

「亡命者《ぼうめいしゃ》です」サミュエルは答えた。

「本当に?」

「はい。かくれてたんだ。ここに。湖にある島に。二年間。でももう、ここにはいられない」

「なぜ?」

「ぼくはユダヤ人だから」

パイロットは、しばらく考えこんでいるようだった。

「いいだろう」とパイロットは言った。「いっしょに来なさい。もうひとり乗せる余裕《よゆう》はありそうだ」

「ほかにも言っておくことがあって」サミュエルは急いで話した。

「なんだ?」

「ぼくは歩けません」

「じゃあ、いったいどうやってここまで来たんだ?」

「助けてもらったんだ」サミュエルはにっこりした。「友だちがいたから。ここまで連れてきてくれたんだ」

湖の神秘的《しんぴてき》な静けさのなかで、わたしとラーズはふたりの会話を一語ももらさずきいていた。

わたしたちは、いくらか離《はな》れたところに立っていた。

それでも、サミュエルの目に涙《なみだ》が光るのが見えた。

パイロットはサミュエルのすぐそばまで行くと、なにか言葉をかけて、流れるような動作でサミュエルの体を下から支《ささ》え、両腕《りょううで》で抱《だ》き上《あ》げた。

パイロットはサミュエルを飛行機に連れてもどり、開いたドアをそっとくぐらせた。

飛行機のエンジンがかかった。たぶん、わたしがこれまできいたなかで、いちばん大きな音がした。わたしたちはまだ、飛行機のすぐ近くにいた。プロペラがブンブンまわっている。飛行機のなかにいるサミュエルの姿《すがた》が、最後にひと目ちらりと見えた。パイロットがあとから乗りこみ、ドアを引いて閉《し》めた。

暗闇《くらやみ》と月明かりとエンジンの音……。

飛行機が動きはじめた。

氷の上で百八十度向きをかえると、氷の上をガタガタと上下に跳《は》ねながら地上走行して、エンジンをうならせ……。

飛行機はついに飛び立ち、安全な場所へと去っていった。

45

「おれたち、道に迷《まよ》ってるよな？」

「ううん」わたしはうそをついた。

わたしたちは迷《まよ》っていた。

そう質問《しつもん》されるだろうと、心がまえはしてあった。思いつくかぎりの説明と言《い》い訳《わけ》を準《じゅん》備《び》してあったけど、迷《まよ》っていないというわたしの言葉をラーズは素直《すなお》に受け入れて、そのまま歩きつづけた。

わたしたちが歩いている森は、自然のままで暗かった。街灯はひとつもない。遠い街の〝夜空の輝《かがや》き〟もない。遠くで人や車が往来《おうらい》する、かすかなざわめきもない。

道は雪に埋《う》もれていた。本当にそこに道があればの話だけど。わたしたちはそりを引きながら、重い足取りで雪のなかを歩いた。

わたしたちの時代にもどっていますように、とわたしは願った。もしも時間が過《す》ぎていたのなら、どれだけ過《す》ぎたのだろう。

いまが西暦《せいれき》何年なのかさえ、わからない。

ラーズはだまってとなりを歩いていた。疑問《ぎもん》だらけでうずうずしていただろうけど、質《しつ》問《もん》するだけの元気は残っていなくて、わたしも答えるだけの元気がなかった。

ラーズにされたことを、わたしは忘《わす》れていなかった。借りをつくったことも忘《わす》れていないけど、同じように、ラーズにされたことも忘《わす》れていなかった。

雪のなかをならんで歩くラーズと、ほんの数日前のラーズを、同じ目で見るのはむずかしかった。

それは、ラーズも同じだったのかもしれない。あっちはあっちで、必死に言葉をさがそうとしていたのかもしれない。

だから、わたしたちはだまって歩きつづけた。一歩踏《ふ》み出《だ》すごとにますますつかれを感じ、一分過《す》ぎるごとにますます寒さを感じながら。

「おれたち、道に迷《まよ》ってるよな?」すこしすると、ラーズが言った。

「ううん」わたしは今度もうそをついた。

ここがどこであっても、おかしくない。時間のなかに迷《まよ》いこんでいても、おかしくない。

バイキングに出会っても、おかしくない。二度と家には帰れないのかもしれない。

わかっているのは、いまが夜で、こんな寒さのなかをいつまでも歩きつづけられない、
ということだけだ。

ラーズが立ち止まった。今回はだまっていなかった。

「じゃあ、ここはどこなんだ?」

「野生の森。ここの木のことは知ってる」

「家はどっちの方向にある?」

「わたしたちが進んでるほう」わたしは前方をあいまいに指さした。

「だったら、距離《きょり》はどれぐらいだ?」

「三、四キロメートル。一時間ぐらいかかるかな」

「ほんとか?」

「約束する」わたしはまた、ひそかに指をクロスしながら答えた。

道に迷《まよ》っていることを、ラーズに知られたくなかった。おかしなことを考えてほしくなかった。パニックになってほしくなかった。ひとりで行ってしまわないでほしかった。

無事に帰り着ける可能性《かのうせい》がいちばん高いのは、ふたりが離《はな》れずにいることだ。うそがばれて道に迷《まよ》っていることに気づかれたら、それか、なにかが起きてラーズがパニックになったら、わたしはどうしたらいいいんだろう。


この森にいるのは、わたしたちだけじゃなかった。

わたしたちの前を歩いている人がいる。

正しくは、わたしたちのほうに向かって歩いてくる人がいる。

わたしは立ち止まると、歩いてくる人を見て、ハッと息をのんだ。

その人は、ラーズだった。

横を向いて、ついさっきまでラーズが歩いていた場所を見ると、いなくなっていた。雪のなかについたラーズの足跡《あしあと》は、そこでとだえている。ここには、わたししかいない。

百メートル先の雪のなかにいる、もうひとりのラーズをわたしは見た。

足を止めて、暗闇《くらやみ》に目をこらしているようだ。

とまどい、おびえている様子で。

ラーズが叫《さけ》んだ。

「カーラ！」

「いま行く」

わたしは雪のなかを近づいていく。

「カーラ！」

「ここにいるよ。いま行くってば」

「**カーラ！**」

わたしはぴたりと止まった。まるで、わたしの声がきこえていないみたい。それでラーズは怖気《おじけ》づいていた。おびえているのが顔に出ている。声にあらわれている。

「そこにいるのは、だれだ？　だれかいるのか？　カーラ、どこにいるんだ？」

ラーズはわたしをまっすぐ見ている。街灯が投げかけている光の環《わ》のふちに、わたしは立っていた。ふたりのあいだには、たった二、三メートルの距離《きょり》しかない。ラーズにはわたしが見えるはずだった。なのに、わたしがそこにいないみたいにふるまっている。

「ここだよ。ラーズ、わたしが見える？　声がきこえる？」

ラーズはなにも言わなかった。

「ちょっと。ラーズ。しっかりしてよ。ねえ」

やっぱり、ラーズはなにも言わなかった。

わたしが見えていない。わたしの声がきこえていない。

どういうわけか、わたしたちは同じ時間にいたはずが、いつのまにかはぐれてしまったのだ。

いま、わたしたちはどこにいるの？

わたしが一歩近づき、光の環《わ》のなかに入ると、ラーズはギクッとして一歩さがった。わたしの足下《あしもと》の地面を見つめている。ラーズには、雪のなかに足跡《あしあと》だけがパッとあらわれたように見えているんだ。

わたしがもう一歩踏《ふ》み出《だ》すと、ラーズはもう一歩あとずさりした。

「たのむから、やめてくれ。だれだか知らないけど」

わたしは立ち止まった。

「カーラ、おまえなのか？」その視線《しせん》は、わたしを素通《すどお》りしている。

「わたしだよ」答えたけど、相手にきこえないことはわかっていた。

「カーラ?」

ラーズの手を取りなさい、とわたしは自分に命じた。手を取れば、またわたしが見えるようになる。

だけど、ふたりとも手袋《てぶくろ》をしている。じかに触《ふ》れ合《あ》わなきゃいけないのに。

ラーズがうめいた。

「ラーズ。わたしはここだよ。怖《こわ》がらないで」

「そこにいるのは、だれだ?」

「わたしだって」

「そこにいるのは、だれだ? そこにだれかいるのか? カーラ?」

「わたしなら、ここにいるよ」どうしてか、わたしは自分がそこにいることを、ラーズに知ってもらいたかった。レベッカみたいに。わたしの存在《そんざい》に気づいてほしかった。わたしの魂《たましい》に。

レベッカとの絆《きずな》は特別なものだったけど。

「ここにいるよ」わたしが一歩近づくと、ラーズは雪のなかに足跡《あしあと》があらわれるのを見て、悲鳴をあげた。よろよろとあとずさりして、しりもちをついた。それでも、わたしは止まらずに、雪のなかを進みつづけた。ラーズはもがき、足をばたつかせ、すべり、立ち上がることができずにいる。

「やめろ！」ラーズは叫《さけ》んだ。「たのむ。だれだか知らないけど、とにかく**やめてくれ！**」

わたしはすぐ手前で止まった。

ラーズはぶるぶる震《ふる》えながら、目をきょろきょろさせている。わたしがラーズの手を取れば、それですむ。

だけど、そうせずに、わたしは待っていた。

自分の魂《たましい》のなかに、残酷《ざんこく》さの細く短い糸があることに気づいた。わたしはラーズに復讐《ふくしゅう》したいの？

ラーズはわたしに力を貸《か》してくれた。わたしを助けてくれた。でもその前に、わたしたちはケンカをした。わたしはまだ、終わりにするつもりはなかった。まだ足りない。ラーズの本心が知りたかった。これからどうするつもりなのか、知りたかった。

「カーラ、たのむ。たのむよ、どこにいるのか知らないけど、カーラ、お願いだ。おれ、怖《こわ》いんだ、カーラ。怖《こわ》いんだ」

わたしは返事をしなかった。

「カーラ。ごめん。おれが悪かった。いじめて悪かったよ。本当にごめん……」

声が小さくなって消えていく。ラーズの頬《ほお》に、涙《なみだ》が静かに流れ落ちた。

「おまえはおれより強いよ、カーラ」ぽつりと言った。「おまえはおれより強い」

わかった。これでおしまい。今度こそ、本当に。

右手の手袋《てぶくろ》をはずし、手をのばして頬《ほお》の涙《なみだ》に触《ふ》れると、ラーズは目を見開いた。それで、わたしが見えるんだとわかった。

「わたしは、ここだよ」

「うん」ラーズはため息をついた。

わたしたちは、また同じ時間のなかにいる。

わたしは手を差し出し、ラーズを引っぱって立ち上がらせた。

いま起こったことについて、考えているひまはなかった。

「きけよ」ラーズが言った。

わたしは耳を澄《す》ました。

「あれがきこえるか？」

「うん」

どこか遠くで、犬が吠《ほ》えている声だ。

「これって、まずいよな？」

「だね」

わたしはまた耳を澄《す》ました。犬が近づいてきている。

何者かに追われているのだとしたら、わたしたちにできることはあまりない。ここがまだレベッカの世界で、わたしたちを追っている人たちがいて、森のなかに犬を放ったんだとしたら。かくれるところはどこにもなく、雪のなかで走って犬から逃《に》げ切れるはずもない。

でも、目の前に一本の木があった。この木に登ればいい。

「登るしかないよ」わたしは言った。

「わかった」ラーズはこの不思議な世界のことを、いまではよくわかっていて、あれこれ質問《しつもん》して時間をむだにはしなかった。

わたしたちは目の前にあるぬれて汚《よご》れた木に、足をすべらせ手を湿《しめ》らせながらもよじ登り、地面から二メートル半の高さにある、かすかに揺《ゆ》れている枝《えだ》に腰《こし》かけた。

木々のあいだを通りぬけて犬が近づいてくるのが、いまでははっきりとわかった。すこしすると、パタパタという音がして、わたしたちは見下ろした。つややかな黒い体のドーベルマンが、雪に残ったわたしたちの足跡《あしあと》のところへやってきている。もう吠《ほ》えてはいない。犬はにおいをかぎつけた。地面をクンクンかいで、わたしたちが歩いたあとをたどり、顔を上げて空気のにおいをかぐと、頭をかたむけてわたしたちを見た。

わたしはまともに息ができなかった。

犬は吠《ほ》えなかった。うなりもせず、歯をむき出しにもしなかった。

犬がしたのは——しっぽをふることだった。

雪のなかを男の人が歩いてきた。その人が犬を呼《よ》ぶのがきこえた。

「オスカー！……オスカー！……オスカー！」

わたしたちがいる木の根元に、男の人が姿《すがた》を見せた。

「オスカー、そこにいたのか」

オスカーが吠《ほ》えた。

男の人は、わたしたちを見上げた。

「どうも。わたしたち、その犬が怖《こわ》くて」わたしは言った。

「そうだったのか。おばかさんのおいぼれオスカーのことなら、怖《こわ》がることはないよ。やさしい犬なんだ」

そう言いながらも男の人がオスカーをリードにつなぐと、わたしたちは木から下りた。ジョギングしている人が、わたしたちのわきを通りすぎていった。その人は自分のコースからすこしもはずれようとしなかったので、こっちがよけなければならなかった。そのあと、わたしたちはオスカーの飼《か》い主《ぬし》に、この近くにバス停《てい》はないかとたずねると、すぐそこを上がった丘《おか》のてっぺんにあると教えてもらった。

「道なりに進めば、迷《まよ》うことはないはずだよ」とオスカーの飼《か》い主《ぬし》は言った。

46

街灯と〝夜空の輝《かがや》き〟とバス停《てい》に停《と》まっているバスが一台あり、わたしたちはつかれて冷え切った足で駆《か》け寄《よ》った。

「ほらね」バスに乗りながら、わたしはラーズに言った。「道に迷《まよ》ってないって言ったでしょ」

バスが出発し、わたしたちはよろめきながら後ろの席に行った。すわったのと同時に、ポケットのなかのスマホが振動《しんどう》した。

スマホを取り出し、画面を見る。

ママから着信だ。

出るしかない。

「もしもし？」

「カーラ。どこにいるの？」

「家に帰るバスのなか。十分後に着くよ」

「ひとりなの？」ママはたずねた。

「うん」と答えてから、こんな遅《おそ》くに出かけているなら、だれかといっしょのほうがいいかもしれないと思った。「ううん。人といっしょ」

ラーズはわたしを見て、にかっと笑った。

「だれといるの？」

「んーと……友だち」

ラーズとわたしはぎこちなくお互《たが》いを見た。

「ケンカしてるの？」ママはきいた。

「ケンカ？　まさか。ちがうよ、ほんとになにも問題ないから」

それは本当のことだった。ここしばらくのあいだではじめて、すべてうまくいくだろうという気がしていた。

バスを降《お》りると、わたしは歩いてラーズを家まで送った。ラーズは無言で、まだ動揺《どうよう》していたみたいだった。世界がかわってしまったのだ。

さよならを言って別れると、わたしは自分のアパートに帰るため、〝バイキングの階段《かいだん》〟を上がった。

ちょうどそのころ、雪が降《ふ》りはじめた。空の闇《やみ》をぬけて地上へと、大きな雪片《せっぺん》がひらひら落ちてくる。

わたしはロビーに入った。死んでしまったレベッカと、生きのびたサミュエルのことを思いながら。

夜中になぜか目を覚まし、目をあけると、寝室《しんしつ》の窓《まど》に点滅《てんめつ》する青い光が流れているのが見えた。

ベッドから出て、窓《まど》の外をながめた。

下に見えるアパートの前庭に救急車《きゅうきゅうしゃ》が停《と》まっていて、青いライトがチカチカと激《はげ》しく点《てん》滅《めつ》している。ふたりの救急救命士《きゅうきゅうきゅうめいし》が、担架《たんか》に乗せたおじいさんを、開いた後部ドアのなかに運びこんでいた。老人は鼻の上に酸素《さんそ》マスクをつけていて、目は閉《と》じている。その顔は青白く、顔色が悪すぎて、あのおじいさんは死んでしまうのだろうかと思った。

救急救命士《きゅうきゅうきゅうめいし》のひとりが、おじいさんに付《つ》き添《そ》って後ろに乗りこんだ。もうひとりはドアを閉《し》め、前に乗った。救急車《きゅうきゅうしゃ》は前庭ですばやく曲がり、アパートのあいだの道をくねくね進んで大通りに出たところで、サイレンを鳴らした。

救急車《きゅうきゅうしゃ》は急いでいる。つまり、あのおじいさんは危《あぶ》ない状態《じょうたい》だということだ。助かるだろうか。おじいさんを気にかけている人はいるのかな。おじいさんを心配している人は。

今夜おじいさんが亡《な》くなったら、悲しむ人はいるだろうか。

47

あくる日、〝バイキングの階段《かいだん》〟の下にあるガレージの前を通りすぎようとしたとき、奇《き》妙《みょう》なことが起きた。

キーッときしむような音がきこえて、道の先にあるガレージの開口部からなにかが出てきた。それは、氷と砂《すな》の上を転がってきて、わたしの目の前で止まった。

自分の見ているものがなんなのか、すぐにはわからなかった。

それは、黒いシートと光沢《こうたく》のない金属《きんぞく》のフレームでできた、古い車椅子《くるまいす》だった。どこかのガレージのなかに置いてあったもの——あるいは、放置してあったもの——で、ちょうどわたしが通りかかったときに、ブレーキが解除《かいじょ》されてしまったんだろう。

だれの車椅子《くるまいす》で、だれがここに置いたのかな。

わたしは両手で車椅子《くるまいす》の柄《え》をつかみ、暗いガレージのなかへゆっくり押《お》しもどしていった。車椅子《くるまいす》の後ろにブレーキペダルを見つけて、ガレージのなかでロックをかけると、太陽の下にもどった。

そのとき、ここがどこだか気づいた。目の前にあるのは、屋根につもった雪の上に足跡《あしあと》を見つけた、あのアパートだった。

ゆうべ救急車《きゅうきゅうしゃ》が来ていたところだ。

わたしはエントランスのドアの前まで行って、目のまわりを両手で囲《かこ》んで、うす暗いロビーをのぞきこんだ。壁沿《かべぞ》いに金属製《きんぞくせい》の郵便《ゆうびん》受けがずらりとならんでいたけど、わたしが立っているところからは、名前までは読むことができなかった。ゆうべ救急車《きゅうきゅうしゃ》で運ばれたおじいさんのことが気になった。あの人はだれなんだろう。

あの車椅子《くるまいす》は、だれのものなんだろう。


わたしは近くの図書館を訪《おとず》れた。サミュエル・リーダーマンのことで、予感があった。無事に生きのびられたか、いまどこに住んでいるのか、どうすれば調べられるのか、司書に相談した。

司書の女性《じょせい》は手伝ってくれた。けれど、戦争の終わりごろにイギリスにわたった亡命者《ぼうめいしゃ》のどのリストにも、名前は見つけられなかった。ところが、おどろいたことに、スウェーデンに住んでいるサミュエル・リーダーマン氏がひとり見つかった。

その人はストックホルムに住んでいた。住所を見て、わたしは息をのんだ。

それは、あの坂のとちゅうにあるアパートだった。


つぎの日、ラーズもわたしといっしょに来た。わたしたちは、司書からもらった住所にあるアパートの外で待っていた。そこは湖にいちばん近く、一年を通していちばん景色がいいアパートだ。

ラーズも暗証番号《あんしょう》を知らなかったので、わたしたちはエントランスの外でうろうろしていた。

寒いなか、わたしたちは待ちつづけた。

しばらくするとドアが開き、中年の女性《じょせい》が出てきてわたしたちをちらりと見ると、そのまま行ってしまった。その人が背中《せなか》を向けたとたん、ラーズはわたしのそばからさっと離《はな》れていって、閉《し》まる寸前《すんぜん》にドアを押《お》さえた。

わたしは開いたドアをくぐりぬけた。

ロビーの郵便《ゆうびん》受《う》けの名前を確《たし》かめていく。

ひとつの名前が目に飛びこんできた。

〈S・リーダーマン〉


S・リーダーマンは七階に住んでいた。

わたしたちはエレベーターで上がった。七階にはふた部屋しかない。ひとつの部屋のドアは開いていた。なかをのぞくと、引《ひ》っ越《こ》し用の箱——荷造《にづく》り用の箱——が床《ゆか》に置かれている。

S・リーダーマン
わたしは郵便受《ゆうびんう》けの名前を見た。

S・リーダーマン
ここだ。

だれかに呼《よ》び出《だ》されて、背後《はいご》でエレベーターが下降《かこう》していった。

わたしは、あけっぱなしのドアをノックした。

「すみません」と声をかける。

わたしたちは部屋のなかに入った。

「だれかいませんか?」

「すみませーん！」ラーズも呼《よ》びかけた。

引《ひ》っ越《こ》し用の箱は、ふたを閉《と》じたものもあれば、まだ半分しか詰《つ》めていなくて開いたままのものもある。

だれか引《ひ》っ越《こ》しするんだ。

ラーズは奥《おく》へ進んでいき、わたしはとちゅうで足を止めた。左手にすこしあいているドアがあり、すきまからなかをのぞくと、きれいに片《かた》づいた小さな寝室《しんしつ》が見えた。部屋の片《かた》隅《すみ》に大きな戸棚《とだな》がある。目をそらそうとしたとき、不思議なことが起きた。

キーッという音がして、ゆっくりと、戸棚《とだな》のドアが開いたのだ。

戸棚《とだな》のなかには、見おぼえのあるものがあった。

青いもの。

古いもの。

わたしは寝室《しんしつ》のドアを押《お》しあけ、なかに入った。ふたの開いた引《ひ》っ越《こ》し用の箱を慎重《しんちょう》にまたいで、戸棚《とだな》のところまで行く。

思ったとおりだ。

あの古びた青いコート。

サミュエルだ、とわたしは思った。

手をのばして、コートに触《ふ》れた。着古してごわごわしているけど、なぜだかいまも丈夫《じょうぶ》で暖《あたた》かい。このコートは、あわせると百年もの歳月《さいげつ》を重ねてきたはずだ。最後に見たとき、サミュエルはこのコートを着ていた。いままでずっと取ってあったのだ。

ポケットのひとつに、なにかの感触《かんしょく》があった。小さなふくらみが。

手をすべりこませて、ポケットのなかのものを取り出した。

古いブリキのホイッスル。

わたしはそれをしばらく手に持っていた。

それから一度だけ吹《ふ》くと、またポケットにもどした。


「サミュエルだった」居間《いま》に入ると、わたしは言った。

「わかってる」ラーズは言った。

片隅《かたすみ》に車椅子《くるまいす》が置いてある。

この建物の角をつつむようにして、北と西に面した大きな窓《まど》があった。メーラレン湖とその向こうの森、さらにすこし先にある島の全景が、その窓《まど》から見晴らせた。

湖はいまも凍《い》てついている。

「見ろよ、これ」飾《かざ》りけのない木製《もくせい》の写真立てが窓台《まどだい》に置かれていて、ラーズはそこに収《おさ》められた白黒写真を見ていた。

わたしはラーズのところに行き、その写真を見た。

写真のなかに、サミュエルがいた。わたしが知っている、子どものころのサミュエルが。足が不自由なことをかくすためか、すわって写っていた。サミュエルだけじゃなかった。そのとなりにならんですわっているのは、レベッカだった。レベッカのとなりにもべつの子、姉のレイチェルがいた。子どもたちの後ろには、誇《ほこ》らしそうにほほえんでいる両親がいて、そのそばやまわりには、祖父母《そふぼ》と叔母《おば》がふたり、叔父《おじ》がひとりと、二頭の犬と、白黒の猫《ねこ》が一匹《ぴき》いた。

兵士《へいし》たちがやってくる前の、幸せな日々に撮《と》った写真だ。

このなかで、サミュエルだけが生きのびた。

そこにいるのは、消された人たちだった。レベッカとサミュエルが地下で遊んでいたあの日、兵士《へいし》に捕《と》らえられた人たちだ。六百万人の死者に数えられる人たち。

背後《はいご》で足音がして、ふり向くと、男の人の声がきこえた。「そこにいるのは？　だれかいるのかい?」

「ここにいます」わたしは急いで返事をした。「すみません。サミュエル・リーダーマンさんをさがしてるんですが」

男性《だんせい》が入ってきた。黒いスーツを着た、三十歳《さい》ぐらいの若《わか》い男の人で、背《せ》が高くて黒髪《くろかみ》だ。

サミュエル・リーダーマンじゃない。

「きみたちは?」

「すみません。わ、わたし、カーラ・ルーカスです。リーダーマンさんをさがしてて。ドアがあいてたから、それで……」声が小さくなっていった。「ごめんなさい。入っちゃいけなかったですよね」

「リーダーマンさんの友だちかな?」男の人はたずねた。

すこしのあいだ、わたしはだまっていたけれど、やがて答えた。「はい」

それは本当のことだった。

「はい。友だちです」

男の人はうなずいた。

「そういうことなら、悲しいことを伝えないと。残念ながら、リーダーマンさんは二日前に亡《な》くなったんだ……葬儀《そうぎ》はもうすんだよ。ぼくはサンダーソン。顧問弁護士《こもんべんごし》で、遺言《ゆいごん》の執行者《しっこうしゃ》だ」

二日前。

頭のなかがぐるぐるしていた。

二日の差で、サミュエルに会えなかった。

この建物の外に停《と》まっていた救急車《きゅうきゅうしゃ》を思い出す。点滅《てんめつ》する青いライト。空気を切《き》り裂《さ》いて鳴《な》り響《ひび》くサイレンの音。

担架《たんか》の上のおじいさんを救急車《きゅうきゅうしゃ》の後ろに乗せて、ふたりの救急救命士《きゅうきゅうきゅうめいし》が運び去っていった……。

あのおじいさんが、サミュエル・リーダーマンだったんだ。

新たな亡霊《ぼうれい》。

目に涙《なみだ》が浮《う》かんできた。

弁護士《べんごし》は気遣《きづか》うようにわたしを見た。

「だいじょうぶかい？」

「はい」

「葬儀《そうぎ》に出席できなくて残念だったね。リーダーマンさんはアルンスベルグのユダヤ人墓《ぼ》地《ち》に埋葬《まいそう》されてるよ……お墓参《はかまい》りをしたければ」

「はい。そうしたいです」


ラーズとわたしはアルンスベルグを訪《おとず》れた。古い墓《ぼ》地《ち》の門は閉《と》ざされていたけれど、あの弁護士《べんごし》さんから、墓《ぼ》地《ち》の手入れをしている管理人の携帯《けいたい》番号を教えてもらっていた。電話をかけると、数分後に近くのアパートから出てきてくれた。

管理人はジョゼフという名の黒人の青年で、門の鍵《かぎ》をあけ（「施錠《せじょう》しておかないと、悪い連中がおおぜいいるからね。ここストックホルムにさえも」と言っていた）、わたしたちをなかに通し、自分も入るときに小さな丸い帽子《ぼうし》を頭にのせた。そしてポケットからもうひとつ取り出すと、ヤムルカというこの帽子《ぼうし》は、ユダヤ教の神聖《しんせい》な場所で男性《だんせい》みんながかぶるものだと説明し、ラーズに差し出した。

「きみもかぶったほうがよさそうだ」

ラーズはうなずき、ヤムルカを受け取って頭にのせた。

わたしは弁護士《べんごし》が描《か》いてくれた小さな地図を取り出したけれど、サミュエル・リーダーマンの名前を伝えると、ジョゼフはにっこり笑った。「それなら、どこかわかるよ」

わたしとラーズは、雪をかぶった墓石《はかいし》のあいだの道をついていった。

墓碑《ぼひ》は新しく、地面に平らに置かれていた。雪を払《はら》いのけると、そこにはただ〝リーダーマン〟とだけあり、あとにヘブライ語がつづいていた。

お墓《はか》の上には、小さな石がいくつか置いてある。

わたしも、ここに残していくための石を持ってきていた。

ラーズがポケットからなにかを取り出した。ストックホルムの日刊紙《にっかんし》で見つけた死亡《しぼう》記事だ。

わたしたちが知りたかったことは、すべてそこに書かれていた。

サミュエルの飛行機は、イギリスにもどることはできなかった。デンマーク上空で攻撃《こうげき》を受けたのだ。飛行機は炎上《えんじょう》し、スウェーデンとドイツのあいだの海に墜落《ついらく》した。けれど、彼《かれ》らはみんな、サミュエルさえもがライフジャケットを装着《そうちゃく》していて、水中に浮《う》かんだ。

そして北のスウェーデンの浜辺《はまべ》へと押《お》し流《なが》された。潮流《ちょうりゅう》が彼《かれ》らを安全なところまで運んでいき、奇跡的《きせきてき》にも全員が生きのびられたのだ。

イギリス人のパイロットと乗組員は、戦争捕虜収容所《ほりょしゅうようじょ》に送られた。彼《かれ》らにとって、それがあの戦争の終わりだった。

サミュエルはひとりで夜行列車に乗せられ、ストックホルムに送られた。ストックホルムでは、叔母《おば》であるエマ・リーダーマンが、サミュエルの到着《とうちゃく》を待っていた。エマは二十歳《はたち》で、街の貧《まず》しい地区にある小さなアパートに住んでいた。戦争が終わる前から、家族のなかで生き残ったのは自分たちだけなのだと、ふたりにはわかっていた。残されたリーダーマンは、ふたりだけだった。

この世界で、ふたりにはお互《たが》いしかいなかった。

サミュエルはストックホルムでエマと暮《く》らした。そしてストックホルムで出会った女性《じょせい》と結婚《けっこん》した。子どもが生まれた。子どものひとり——女の子——に、レベッカと名づけていた。

そのレベッカにも、いまでは子どもがいる。

生きのびること。それで充分《じゅうぶん》だった。それがすべてだった。

ラーズは死亡《しぼう》記事をたたみ、しまった。

わたしはポケットに手を入れ、なめらかな丸い小さな石をふたつ取り出した。海にあった石。ずっと前に、南部の海岸で拾ってきたものだ。いまここに置いていくのがふさわしく思えた。この石は波に洗《あら》われ、ほかの石とぶつかり合いながらも、生きのびていた。石をひとつわたすと、ラーズはそれをお墓《はか》の上に置いた。

わたしは手のなかの石を見た。

そして、サミュエル・リーダーマンのお墓《はか》に、音をたてずにその石を置いた。ジョゼフのような管理人が、この墓地《ぼち》を見守っていてくれるかぎり、この石はそこにとどまりつづけるだろう。

48

つぎの日の朝、雪のなかにレベッカからのメッセージがあった。

わたしはブラインドをあけ、太陽に照らされた雪に埋《う》もれている街をながめた。

だれかが、また屋根の上に上がっていた。

下にあるアパートの屋根の雪に、だれかがスマイルマークを残していた。

ふたつの大きな目と、さらに大きなにっこりした口。

49

森のどこかに、雪に埋《う》もれたコインがあり、見つけてもらうのを待っている。鷲《わし》とかぎ十字が描《えが》かれたコイン。

でも、わたしは見つけたくなかった。

もう充分《じゅうぶん》、知っていたから。

ラーズはわたしをヒーローだと思っているけど、そうじゃないと自分ではわかっている。わたしは友だちとの約束を守るため、ひとつ小さなことをした、それだけだ。大事なときに勇気を出して、冷静さを失わなかったけど、わたしはヒーローじゃない。

だれかほかの人が時間を閉《と》じこめた島を見つけた場合と同じで、わたしには特別なところはすこしもない。だれかほかの人が助けを求めている子どもと出会った場合と同じで。

だれかほかの人がレベッカと出会った場合と同じで。

ヒーローがいるのだとしたら、それはレベッカだ。レベッカはわたしたちみんなを助けてくれた。サミュエルをかくれさせ、食べさせ、暖《あたた》め、たきぎを集め、ベリーをつみ、元気づけ、物語をきかせた。数えきれないほどサミュエルを助けた。

レベッカはわたしも助けてくれた。わたしを強くしてくれた。孤独《こどく》から救《すく》ってくれた。ひとりぼっちでいることから救《すく》ってくれた。

レベッカはわたしの友だちだった。

それなのに、わたしにはレベッカを救《すく》えなかった。

わたしにできたのは、レベッカが息を引き取るとき、そばにいることだけだった。だから、レベッカはひとりぼっちで死ななかった。友だちに見守られながら息絶《いきた》えた。

レベッカのことが大好きだった友だちに見守られながら。

50

数日後、べつの葬儀《そうぎ》が執《と》り行《おこな》われた。ママとわたし、何人かの遠い親戚《しんせき》、そしてまだ存《ぞん》命《めい》の友人たちは、ストックホルムの〈森林墓地《ぼち》〉を訪《おとず》れ、わたしのおじいちゃん、デヴィッド・ルーカスに別れを告《つ》げた。

簡素《かんそ》で威厳《いげん》のある式だった。おじいちゃんは飾《かざ》りけのない木の棺《ひつぎ》に横たえられていた。

ママはおじいちゃんのやさしさについて話した。

わたしはおじいちゃんの天文学に対する愛について話した。

いまではおじいちゃんが星屑《ほしくず》になっていることを願っていると話した。

葬儀《そうぎ》の終わりに案内人がドアをあけたとき、大雪が静かに降《ふ》っているのが見えた。

雪はスウェーデン全土に降《ふ》っていると天気予報《よほう》で言っていた。

わたしは火葬場《かそうば》の上の煙突《えんとつ》を見た。

ひとすじの細い煙《けむり》が立ちのぼり、そして雪が降《ふ》った。

51

わたしたちはまだ、おじいちゃんの灰《はい》をどうするか決めていなかった。

ママとわたしは片《かた》づけをしていた。わたしたちはおじいちゃんの家にいて、残されていたものを調べ、どれを取っておいて、どれを手放すのかを決めようとしていた。おじいちゃんはわたしたちのために、たくさんのことを決断《けつだん》していた。自分の生涯《しょうがい》を片《かた》づけるという大きなプロジェクトに着手していた。ただ、亡《な》くなったときには、まだぜんぜん片《かた》づいていなかったけど。

ママとわたしは屋根裏部屋《やねうら》にいた。下の踊《おど》り場《ば》に、荷物の山をつみ上げていた。取っておくもの、リサイクルするもの、チャリティ・ショップに持っていくもの。簡単《かんたん》に決められるものもあれば、どうしても決められないものもあった。

おじいちゃんが行《い》き詰《づ》まったのと同じもので、わたしたちも行《い》き詰《づ》まった。

おばあちゃんのものだ。

おばあちゃんの服。すてきなドレス。ママがまだ小さかったころに、おばあちゃんが創《そう》作《さく》して、手書きで記しておいた物語が詰《つ》まったノート。おばあちゃんが集めていた地図。遠い国の地図、実際《じっさい》に訪《おとず》れた場所の地図もあれば、結局おばあちゃんは想像《そうぞう》でしか訪《おとず》れることのなかった場所の地図もあった。おばあちゃんのスケート靴《ぐつ》。

おばあちゃんの名前はカーラだった。わたしが生まれる前に亡《な》くなっていたけど、おばあちゃんは生きているうちに、わたしが生まれてくることを知らされていた。ママのお腹《なか》に手をあてることもできたし、赤ちゃんが女の子ならおばあちゃんの名前をもらうこともきいていた。

生まれたのは女の子だった。だから、名前はカーラになった。

「とりあえず、これはぜんぶ取っておきましょう」ママは言った。

「そうだね」

わたしはもうひとりのカーラのドレスに紙製《かみせい》のカバーをかけ直し、向こう端《はし》のせまい空間に置いてあるトランクのなかにしまった。

わたしの後ろで、ママはごそごそやっていた。

「青いコートがあったはずなんだけど。わたしが十代のころに着てた、大きな青いコートが。おじいちゃんが処分《しょぶん》したとも思えないし」

ママは古いトランクのなかをさぐっている。

「おじいちゃんは処分《しょぶん》してないよ。わたしがもらったの」

ママはわたしを見た。

「おじいちゃんが、もらっていいって」

「そう。コートはどこにあるの？」

「持ってない」

「カーラったら、どこにやったの？」

「友だちにあげちゃった。前に話した友だち。その子にあげたんだ。寒い思いをしてて、大きな冬物のコートが必要だったから、ちょうどよかったの」

ママはうなずいた。「その子はもうだいじょうぶなの？　あなたの友だちは。元気にしてるの？」

どう言えばいいのかわからなかったから、わたしはうそをついた。「だいじょうぶだよ。その子は、えっと、引《ひ》っ越《こ》しちゃったから、また会えるかわからないけど」

「じゃあ、あのコートは二度ともどってこないのね」

わたしはうめいた。どうしたらいいかわからない。

「心配しないで。べつにかまわないのよ。どっちみち、あなたにあげるつもりだったんだから。ひと冬だれかの役に立てたのなら、そのほうがずっといいわ」

ママは腕時計《うでどけい》に目をやった。「下に降《お》りて、お昼にしましょう」ママが屋根裏《やねうら》の扉《とびら》をくぐって降《お》りていこうとしたとき、「ねえ、きっとぜんぶうまくいくよ」とわたしが言うと、ママは足を止めてこっちを見た。

「そうね。もう、わたしたちふたりだけになっちゃったけど……」

「わたしたちは、きっとだいじょうぶ」わたしはママにかわってしめくくった。

「あなたが、あなただから」ママは言った。「あなたは光《ひか》り輝《かがや》く星だから。だけど、この先とても苦労することもあるかもしれない。自分を見失うこともあるかもしれないし、これからの〝あなた〟にとって、たいへんなこともあるかもしれない。悩《なや》むこともあるかもしれないわ、父親がいないこととか、弟や妹がいないこととか……」

そんなの問題じゃない。わたしには友だちがいる。わたしはだいじょうぶ。

「でも、なんだか成長したわね。あなたは——わからないけど——前よりもっと勇敢《ゆうかん》になったみたい。あなたにはお母さんと重なるところがある——あなたのおばあちゃんのことよ。おばあちゃんの、恐《おそ》れを知らない心が、あなたのなかにも見える。だからこそ、わたしたちはきっとだいじょうぶだってわかるの」

前よりもっと勇敢《ゆうかん》。恐《おそ》れを知らない。それがわたしなんだ。

ママはにっこりした。「泣き出す前に、お昼の支度《したく》をするわね」

わたしはうなずいた。「わたしはここを片《かた》づけておくよ」

ママは降《お》りていった。

わたしはおばあちゃんのスケート靴《ぐつ》を、ノートといっしょにトランクにしまった。おばあちゃんの物語が詰《つ》まったノート。わたしは、トランクのふたのへりから、なかなか手をはなせずにいた。ノートがわたしをじっと見つめてくる。つみ重ねた山のいちばん上にある一冊《さつ》を手に取って、そこに書いてあることを読んでごらん。そんなふうに誘《さそ》われている気がした。

「また今度ね、カーラ」

わたしはふたを閉《し》めた。

52

湖のそばにうずたかくつもった雪のなかに、だれかがスノーエンジェルをつくっていた。それにはどこかおかしなところがあり、なにがおかしいのか、わたしにはわかった。そこには足跡《あしあと》がひとつもなかった。近づいていく足跡《あしあと》も、遠ざかっていく足跡《あしあと》も。

けれど今回は、どうやったのかわかっていた。なぜわかったかというと、わたしがやったことだから。わたしがつくったから。

わたしがそのスノーエンジェルをつくったのだ。

共犯者《きょうはんしゃ》のラーズとふたりで。

わたしたちは一本の長いロープを手に入れた。それを投げて、木の枝《えだ》に引っかけた。片《かた》方《ほう》の端《はし》を枝《えだ》に結び、反対の端《はし》にはひとつ結び目をつくって足がかりにした。わたしのほうが軽いから、わたしがロープにつかまって、大きな雪の吹《ふ》きだまりの上でロープを行ったり来たりさせて揺《ゆ》らし、ラーズがわたしをぐんぐん遠くに押《お》した。

わたしはロープから手をはなした。

わたしは雪の吹《ふ》きだまりのど真ん中に着地し、もどってきたロープをラーズがつかんだ。わたしは横たわり、スノーエンジェルをつくった。それがすむと、ラーズがロープをスイングさせてこっちにもどした。わたしはそれをつかんで体を引っぱり上げ、ロープを揺《ゆ》らしてもどると、ラーズが受け止めてくれた。

謎《なぞ》は解《と》けた。


その日、わたしたちは森から湖へ下りていった。

新学期が始まる前日だった。休みはおしまいだ。わたしは最後にひと目、あの島を見たかった。

わたしたちは湖をすべり出した。木の上から、カラスがわたしたちを見ていた。

あの島に着いた。わたしは冷たい空気を吸《す》いこんだ。たき火の煙《けむり》のにおいはしない。

ふたりは行ってしまったんだ、とわたしは思った。よかった。

ふいに、声がきこえた。

「カーラ?」

レベッカの声。自分の耳が信じられなかったけど、ふり向くと、そこにはレベッカがいた。はじめて会ったときと、まったく同じに見えた。

たき火に使う枝《えだ》や木切れの束を小脇《こわき》にかかえている。

わたしは言葉が出なかった。

「寒いの？」レベッカはたずねた。「今日は冷えるもんね。これからたき火を起こすから。暖《あたた》まっていって」

わたしはまだなにも言えずにいた。レベッカをじっと見つめている。

「お友だちも、ぜひどうぞ」レベッカはラーズに小さく会釈《えしゃく》して言った。

ラーズはわたしを見て、うなずいた。ラーズにもレベッカが見えていた。

レベッカはわたしたちが目くばせするのを見ていた。そして顔をしかめた。わたしがだまりこんでいるのを、おかしいと思いはじめていた。わたしのおどろいた様子を。どうして幽霊《ゆうれい》でも見たような顔をしているのかな、と不思議に思っているようだ。

「あっ！」レベッカは両手で口元を覆《おお》って、かかえていた枝《えだ》の束を落とした。落ちた枝《えだ》は氷の上でカタカタ音をたてた。

「実現《じつげん》したのね？」

わたしはうなずいた。

目に涙《なみだ》が浮《う》かんでくる。

レベッカもうなずいた。「あの子は無事？　サミュエルは無事なの？」

わたしがもう一度うなずくと、レベッカは笑顔《えがお》になった。

「じゃあ、わたしは宇宙《うちゅう》を自由に旅できるわ」

もうこらえきれなかった。

その言葉に、切なくてたまらなくなった。わたしは泣き出した。

「そうだよ」涙《なみだ》ながらに、レベッカに伝えた。「もう自由に旅していいんだよ」

これはレベッカが背負《せお》ってきた重い責任《せきにん》だった。

レベッカの選択《せんたく》、レベッカの務《つと》め。

たとえ自分は幽霊《ゆうれい》になるとしても、サミュエルを生かしておくこと。

もう消滅《しょうめつ》している遠い星の光みたいに、この生者の世界をさまようことになるとしても、
ひとつの命を守ること。

レベッカはもう一度ほほえみを浮《う》かべた、というより、ほほえもうとしたけれど、涙《なみだ》が
あふれて頬《ほお》を静かに流れ落ちた。

レベッカがどんなに孤独《こどく》なのか、どんなに孤独《こどく》だったのか、わたしが求めていた以上に、この友情《ゆうじょう》をどれほど求めていたのか、わたしにはわかった。

「わたしのことを思ってくれる?」レベッカが言った。

「あなたのことを思うよ」わたしは答えた。

「わたしを思い出してくれる?」

「あなたのことを思い出すよ。思い出すって約束する。わたしたちより年上の星を見上げるとき。あなたを照らして、いまもわたしを照らしてる星。空を見上げるとき、あなたを思い出す。ふたりで分かち合った空、レベッカの見上げた空……わたしの空。わたしたちの空」

レベッカはわたしの頬《ほお》にキスをした。

わたしたちはしばらくのあいだ、かたく抱《だ》き合《あ》った。

「さよなら、カーラ」レベッカは耳元でささやいた。

「さよなら、レベッカ」わたしもささやき返した。

レベッカは身を離《はな》した。

ラーズはレベッカが氷の上に落とした枝《えだ》を拾い上げ、束ねてわたしした。

レベッカはそれを受け取ると、島のほうへと歩き去っていった。

ラーズが言う。「あの子なんだな？　あの子がレベッカなのか」

「あの子がレベッカだよ」わたしはつぶやいた。

レベッカは森のなかに姿《すがた》を消した。

わたしがレベッカを見たのは、それが最後だった。

「どうすれば、あの子を助けられる？」ラーズはきいた。

わたしはその質問《しつもん》について、長いあいだ考えていた。

わたしは言いたかった。

わたしたちはレベッカを助けられない、だれもできない、だってもう起きてしまったことなんだから、と。わたしは言いたかった。

わたしたちは二度とこんなことが起こらないようにすればいい、忘《わす》れないようにすればいい、と。

けれど、頭のなかがこんがらがってぐちゃぐちゃになりながらも、レベッカのためにできることが、もうひとつだけあることに気づいた。

やらなければならない、もうひとつのことが。

53

航海薄明《こうかいはくめい》。

古い家の窓《まど》は、どれも真っ暗だ。

ラーズとわたしは、ザクザクと雪を踏《ふ》みしめながら歩いた。

わたしは鍵《かぎ》を使っておじいちゃんの家のドアをあけ、ふたりでなかに入った。

キッチンの貯蔵室《ちょぞうしつ》に行き、一本のキャンドルとマッチの箱を取り出す。

「おまえ宛《あて》の手紙があるぞ」ラーズが言った。

キッチンテーブルの上に、わたしの名前が書かれた白い封筒《ふうとう》があった。

おじいちゃんの筆跡《ひっせき》で、わたしの名前の下には、「つぎの誕生日《たんじょうび》まで開封《かいふう》しないこと」と書《か》き添《そ》えられている。

きっと、おじいちゃんの書類にまじっていたのをママが見つけて、わたしのためにここに置いていったんだろう。

「誕生日《たんじょうび》、いつだ？」

「十二月」

「一年近く先じゃん」

「うん」

それでも、誕生日《たんじょうび》より前に開封《かいふう》するつもりはなかった。封筒《ふうとう》を手に取り、重さを確《たし》かめた。カード一枚《まい》だけにしては重い。たぶん、手紙が入っているのだろう。

おじいちゃんは、先が長くないことを知っていた。自分の考えていることを、わたしのために書いておきたかったのだ。わたしはそれを読むのを、一年ぐらい喜《よろこ》んで待つつもりだ。

やかんを火にかけて、戸棚《とだな》のなかに見つけた小袋《こぶくろ》のホットチョコレートをふたり分入れた。わたしたちはキッチンテーブルの前にすわり、それを飲みながら、完全に暗くなるのを待った。

前にこの部屋で過《す》ごしたときに、なにがあったかを思い出した。幽霊《ゆうれい》について、幽霊《ゆうれい》とおしゃべりしたときのことを。

ラーズにはそのことを話さなかった。

自分の胸《むね》にそっとしまっておいたほうがいい経験《けいけん》もあるのだ。

わたしたちは庭に出ていった。

さっきより暗くなっていて、わたしたちの上に広がる空は濃《こ》い藍色《あいいろ》の夕闇《ゆうやみ》になり、東にある街の上はかすかなオレンジ色をしている。

天文薄明《はくめい》。

星が出ていた。

わたしたちは雪のなかを歩き、凍《こお》った湖の上にせり出した古い桟橋《さんばし》へと向かった。木でできた桟橋《さんばし》を踏《ふ》むと、足の下できしみを上げた。わたしたちは桟橋《さんばし》の端《はし》まで行って、腰《こし》をおろした。氷はかたく、妙《みょう》に平べったい。まるで、時間と潮流《ちょうりゅう》に磨《みが》き上げられてきた、ひとつの白い石みたいだ。

ラーズがキャンドルを手に持った。

わたしはマッチを擦《す》ったけど、火はすぐに消えてしまった。もう一本マッチを擦《す》ると、さっきよりはげしく燃《も》えて、キャンドルに火を灯《とも》すまで消えずにいた。

ラーズは炎《ほのお》のまわりを手で囲《かこ》み、風から守っている。

わたしたちは湖を見わたした。

見たところ、だれもいない。

一陣《いちじん》の風がこっちまで湖を吹《ふ》きわたってきた。遠い岸辺の木々が揺《ゆ》れた。小さな突風《とっぷう》にあおられて、完璧《かんぺき》に平らな氷の上を雪が舞《ま》い踊《おど》った。

一瞬《いっしゅん》、キャンドルの炎《ほのお》が震《ふる》えて風になびき、火が消えてしまうかと思ったけど、持ちこたえた。

わたしたちの手に守られて、火は燃《も》えつづけた。

風が弱まり、すっかりやんだ。わたしたちは湖の白い闇《やみ》をながめた。

「あの子はあそこにいるのかな?」ラーズが言った。

「きっといるよ」わたしは答えた。

「おれたちのことが見えてるといいな」

「きっと見えてる」

わたしたちはレベッカのために、キャンドルをかかげていた。

謝辞《しゃじ》

一冊《さつ》の本が現実《げんじつ》の世界に出ていくためには、助けが必要だ――そして、ぼくには感謝《かんしゃ》したい相手がおおぜいいる。

ぼくのエージェントである〈ベル・ローマックス・モールトン〉のローレン・ガードナーに、この本のために惜《お》しみない努力をつづけ、支援《しえん》と提案《ていあん》をしてくれたことに、お礼を言いたい。きみの懸命《けんめい》な働きがなければ、ぼくはこの言葉を書いていなかったはずだ。よくわかってる、恩《おん》に着るよ。

編集者《へんしゅうしゃ》のアン・マクニールとジェナ・マッキントッシュ、〈ホッダー〉の担当《たんとう》チームのみんなに、はじめて本を書く作家にいちかばちか賭《か》けてくれてありがとう。きみたちの忍耐《にんたい》強《づよ》さ、配慮《はいりょ》、思慮深《しりょぶか》い編集《へんしゅう》のおかげで、この本はずっとすばらしい作品になった。

キャロライン・アンブローズに、《バース・チルドレンズ・ノベル・アワード》を創設《そうせつ》してくれたことに感謝《かんしゃ》したい。この賞《しょう》は、非常《ひじょう》に多くの新人作家にとって、エージェントや出版社《しゅっぱんしゃ》を見つける助けになっている。あなたがいなければ、ぼくたちは途方《とほう》に暮《く》れていただろう。そして、この本を最終候補作《こうほさく》に選んでくれた〝子ども審査員《しんさいん》〟のみんなに、特別な感謝《かんしゃ》を伝えたい。本を読みつづけて、書きつづけてほしい。いつの日か、きみたちが書いた本を読めることを願っているよ。

リバプール、ストックホルム、ケープタウンにいる友人たちに、脚本《きゃくほん》と物語を書くことについて、何年にもわたって数えきれないほど長いやり取りをしてくれて、ありがたく思ってる。きみたちの洞察《どうさつ》のおかげで、ぼくはよりよい作家になれている。きみたちの友情《ゆうじょう》のおかげで、ぼくはよりよい人間になれている。

ジュリーアンとドムに、この（新しい）始まりに、そばにいてくれてありがとう。

父さんに、読み書きの才能《さいのう》を与《あた》えてくれてありがとう。この本が出版《しゅっぱん》されるのを生きて見ることはなかったけど、こうなるだろうと、なぜか父さんはずっと知っていた気がする。

アーロン・ヒックリンに、道を示《しめ》してくれたことに感謝《かんしゃ》を。あなたのエネルギーは心を解放《かいほう》してくれる。

そして最後に、ウルリカとケイに、ぼくの世界を新しいものにしてくれてありがとう。

THE SKY OVER REBECCA
by Matthew Fox

First published in Great Britain in 2021 by Hodder & Stoughton

Japanese translation published by arrangement with
Hodder Children's Books, an imprint of Hachette
Children's Group through The English Agency (Japan) Ltd.

作　マシュー・フォックス　Matthew Fox

イングランド南西部ウィルトシャー出身。オックスフォード大学とノーザン・フィルム・スクールで学んだのち、フィルムフェスティバルの運営や劇場の舞台監督などの仕事をしてきた。ストックホルムに移住し、娘が生まれてから、子ども向けの物語の執筆に取り組み始める。本作がBath Children's Novel Awardを受賞し、デビューに至る。

訳　堀川志野舞　Shinobu Horikawa

翻訳家。横浜市立大学国際文化学部卒。おもな訳書に『星命体』（クリストファー・パオリーニ著）、『真夜中の4分後』（コニー・パルムクイスト著）、『アガサ・クリスティー ショートセレクション 二重の罪』、「ウィリアム・ウェントン」シリーズ（ボビー・ピアーズ著）などがある。

レベッカの見《み》上《あ》げた空《そら》

2024年2月20日　初版発行

作　マシュー・フォックス
訳　堀川志野舞

発行者　吉川廣通
発行所　株式会社静山社
〒102-0073　東京都千代田区九段北1-15-15
電話 03-5210-7221　https://www.sayzansha.com
印刷・製本　中央精版印刷株式会社

装画　Naffy
装丁　名久井直子
組版　マーリンクレイン
編集　荻原華林

Printed in Japan　ISBN978-4-86389-760-1

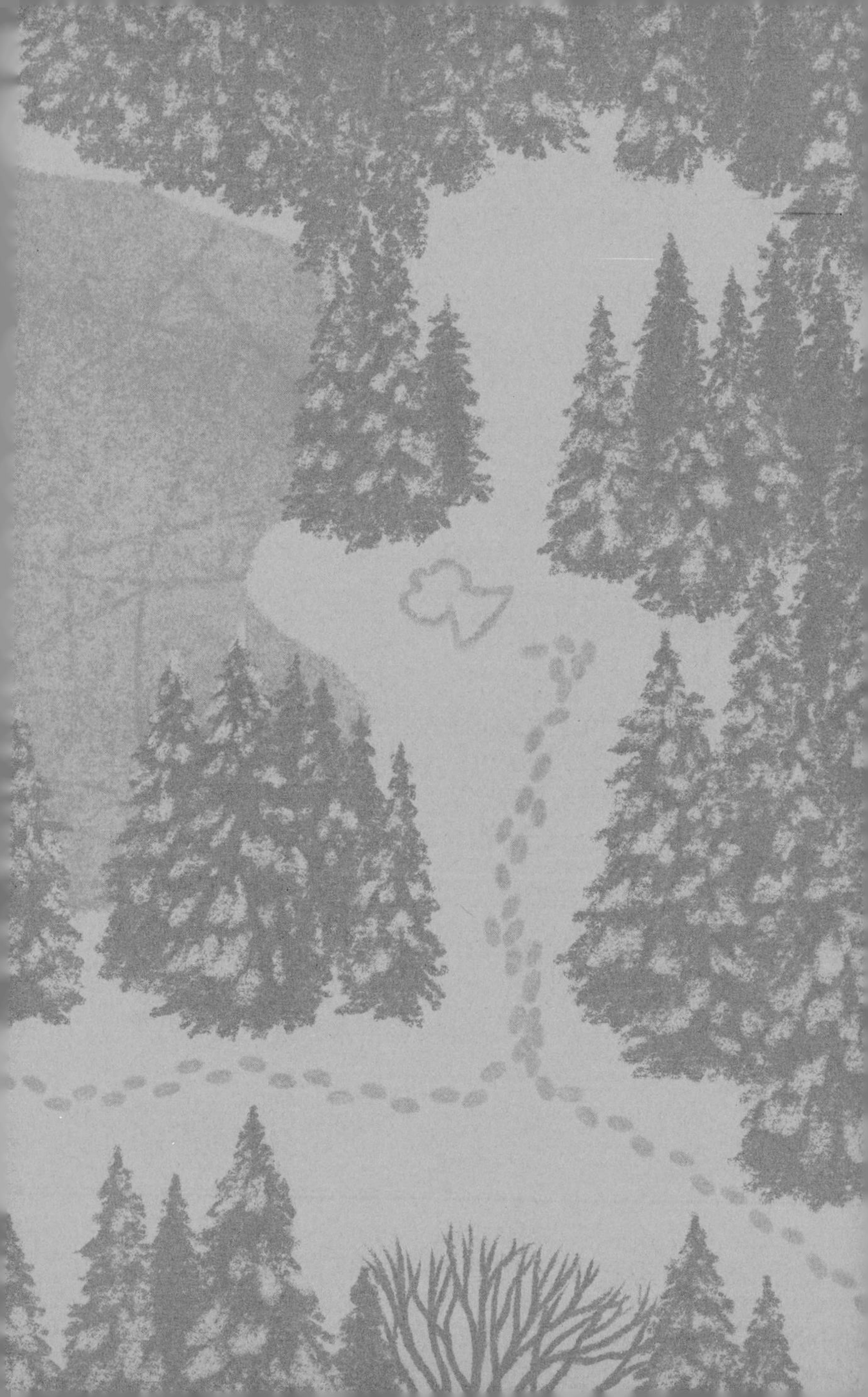